http://www.bbulmedia.com

http://www.bbulmedia.com

그레이트 코리아

※이 글 속에 나온 인명, 지명, 단체명은 허구이며 실제와는 연관이 없음을 알려 드립니다.

contents

1.
로메로 왕국의 최후

이케아 대륙력 1591년 대륙은 큰 전화에 휩싸였다.

10년째 계속되는 가뭄으로 인해 계속되는 흉작으로 인해 대륙의 곡물 가격은 천정부지로 뛰어올랐다.

가뭄이 들기 전이라면 밀 1포에 2실버면 살 수 있었지만 가뭄이 계속되면서 밀의 가격은 천정부지로 올라 1포당 1골드에 거래가 될 정도다.

곡물 가격이 오르면서 모든 물가가 오르다 보니 이제는 1골드 가지고는 일주일을 버티지 못할 지경이다.

이런 어려울 때 돈을 더 벌기 위해 상인들이 사재기를 하자 여기저기에서 폭동이 일어나 나라의 근간이 흔들리게 되었다.

이런 혼란의 시기에 중부의 강대국인 샤만 왕국이 주변 왕국들을 정복하며 세력을 떨쳤다.

그들은 주변의 자신보다 약한 나라들을 하나둘 복속을 하더니 급기야 로메로 왕국과 국경을 접하게 되었다.

로메로 왕국은 문을 걸어 잠그고 전쟁의 참화에서 벗어나 있는 듯했다.

막강한 군사력을 가지고 있었기에 문만 걸어 잠그고 수비만 하면 어느 나라도 막아 낼 자신이 있었기 때문이다.

그런데 안일한 생각 때문이었는지 그들이 문을 걸어 잠그고 제자리걸음을 하고 있을 때, 샤만 왕국은 주변 왕국을 흡수해 거대 제국이 되어 버렸다.

샤만 왕국은 제국이 된 뒤에도 결코 행보를 늦추지 않았다.

나라가 커지긴 하였지만, 아직도 가뭄은 계속되고 있어 식량이 부족하다.

많은 국민들과 정복지의 피지배층들은 먹을 것이 없어 아사하기에 이르렀다. 거리며 담벼락이며 여기저기 시체가 널려 있었다.

이러한 때, 로메로 왕국에는 식량이 창고마다 쌓여 있다는 정보를 입수했다.

샤만 제국에 정복당한 로메로 왕국 인근에 있던 나라의 귀족이 예전 로메로 왕국과 전쟁을 하게 된 이유에 관해 샤만 제국에 고한 것이다.

식량이 바로 옆에 있다는 정보를 들은 샤만 제국은 선전포고도 없이 로메로 왕국을 침략했다.

배고픔의 광기로 이뤄진 전쟁. 로메로 왕국의 정병들은 너무도 잘 먹어 샤만 제국의 병사들 보다 머리 하나는 더 크고 엄청난 체격을 가지고 있어 쉽게 격파할 수가 없었다.

아니, 전투가 계속될수록 샤만 제국의 병력만 축날 뿐이었다.

하지만 물량에 장사 없다고 계속해서 쏟아지는 샤만 제국의 군세 앞에 로메로 왕국의 정예 병사들도 하나둘 소모가 되었다.

샤만 제국은 천이 실패하면 만을 보내고, 만이 방어선을 뚫지 못하면 10만을 보냈다.

이러다 보니 로메로 왕국의 피해도 하나둘 발생해, 급기야 전선이 무너졌다.

정복전쟁을 하면서 군대는 많았지만 정복지에서 거둬들인 자원은 한정적이었던 것이다.

이들의 작전은 자신들의 군대가 실패해도 좋고 로메로

왕국을 정복하면 더 좋은 것이었다.

어차피 가장 먼저 소비한 군대는 정복지에서 차출한 병력이기에 아까울 것이 없었다.

이렇듯 10년간 계속된 가뭄은 인간의 존엄도 사라지고 오로지 생존만을 위한 전쟁을 강요했다.

풍요로운 로메로 왕국은 이렇게 시류를 잘못 판단해 결국 멸망의 길에 접어들게 되었다.

그리고 로메로 왕국이 멸망을 함으로써 대륙은 샤만 제국이라는 단일 제국으로 통일이 될 것이다.

철컹! 철컹!

복도를 울리는 발걸음 소리가 요란하게 울렸다.

"폐하!"

장년의 기사가 뛰어 들어오며 로메로 국왕을 불렀다.

"무슨 일인가? 빌헬름 백작."

자신을 찾는 부름에 로메로 국왕은 기사단장에게 자신을 찾는지 물었다.

그런 국왕의 물음에 빌헬름 백작은 빠르게 예를 취하고는 자리에서 일어나 보고를 하였다.

"현재 샤만 제국군이 로만 시 앞까지 당도하였다 합니다."

국왕은 제국군이 로만 시 앞까지 왔다는 말에 깜짝 놀랐다.

로만 시는 왕도인 로마나의 전초인 도시였다.

왕도와 불과 10㎞뿐이 떨어져 있지 않아 군대가 움직인다고 해도 반나절도 걸리지 않을 정도로 가까운 거리였다.

이 때문에 로메로 국왕은 표정이 심각해졌다.

"음, 안 되겠군. 어서 왕세자와 왕자들을 불러라!"

국왕은 시종에게 왕세자와 왕자들을 불러오라는 명령을 내렸다.

"제로미스 마법사도 불러라!"

그리고 연이어 로메로 왕국의 궁중마법사인 제로미스를 불렀다.

국왕의 명령이 떨어지자 시종들은 바쁘게 움직이기 시작했다.

"백작."

"예, 폐하."

"자네가 보기에 어떤가. 가망이 있겠나?"

로메로 국왕은 착잡한 표정으로 기사단장인 빌헬름 백작

에게 물었다.

샤만 제국과의 전쟁에서 나라를 지켜 낼 수 있을지 물어보는 것이다.

하지만 질문을 하는 로메로 국왕이나 질문을 받은 빌헬름 백작이나, 샤만 제국과의 전쟁은 이미 가망이 없다는 사실을 알고 있었다.

이미 일부 귀족은 엄청난 샤만 제국의 인해전술에 기가 질려 항복을 했다.

물론 항복을 했다고 샤만 제국이 그들을 그냥 받아들이지는 않았다.

자신들의 필요에 따라 항복한 로메로 왕국의 귀족이라고 해도 그냥 자국의 귀족으로 또는 평민으로 받아들여 줬을 뿐.

예전 그들이 보유하고 있던 기사나 병력들은 이미 샤만 제국의 기사와 병사가 되어 전장에 나갔기 때문이다.

샤만 제국의 무서움이 바로 여기에 있었다.

항복을 한 귀족이나 병사들을 그냥 두지 않고 바로 전장으로 내몰았다.

만약 협조적으로 나오지 않으면 바로 첩자로 몰아 현장에서 처형을 하였다.

이러다 보니 어제는 로메로 왕국의 군대였으나 다음날은

적군의 군대가 되니, 어제까지 함께 싸우던 동료를 죽여야
했다.

참으로 잔혹하지만 뛰어난 용병술이었다.

살기 위해선 어제까지 동료였던 자들을 죽여야 했다.

그렇지 않으면 자신이 죽을 것이기 때문이다.

이제는 오로지 자신의 생존에만 모든 것을 쏟아야 했
다.

그러니 전쟁이 얼마 지나지 않아 왕도 인근까지 샤만 제
국이 밀고 들어올 수 있었다.

로메로 국왕은 이미 샤만 제국과의 전황을 뒤집을 수 없
을 정도로 밀렸다는 것을 잘 알고 있다.

"하, 내 대에서 왕국이 끝이 나는 것인가⋯⋯."

로메로 국왕은 고개를 들고 한탄을 하듯 그렇게 혼잣말
을 중얼거렸다.

"폐하! 흑흑흑."

국왕의 말을 들었는지 빌헬름 백작은 울분을 주체하지
못하고 그만 눈물을 흘리고 말았다.

국왕과 백작이 이렇게 기운 국운을 슬퍼하고 있을 때,
국왕의 명령으로 불려 온 왕자와 마법사가 도착을 했다.

"아바마마! 부르셨습니까?"

"폐하! 부르셨습니까?"

홀 안으로 들어오는 인물은 약속이나 한 듯 함께 들어와 국왕을 보며 인사를 하였다.

"어서 오라!"

국왕이 자신들을 맞이하자 숙였던 몸을 일으켰다.

"무슨 일로 절 부르신 것입니까?"

이제 60대를 지나 내년이면 일흔이 되는 로메로 왕국의 궁중마법사인 제로미스가 질문을 하였다.

제로미스는 7클래스 마법사로 이케아 대륙에서 손에 꼽을 정도로 마법에 정통한 마법사였다.

사실 대륙에는 7클래스 마법사는 딱 세 명 존재한다.

인간이 개척할 수 있는 최고의 경지가 바로 6클래스라 알려져 있는 상태에서 7클래스가 나왔다는 것은 엄청난 사건이었다.

물론 제로미스를 제외한 두 명의 7클래스 마법사는 이종족인 엘프 마법사로 둘 모두 엘프 중 엘프인 하이 엘프라 알려졌다.

그러니 인간인 제로미스가 7클래스에 올랐을 때 얼마나 많이 놀랐겠는가.

하지만 알고 보면 사실 제로미스도 순수한 인간은 아니었다.

사실 그는 하프 엘프였다.

인간인 아버지와 엘프인 어머니 사이에서 태어난 제로미스는 어려서부터 많은 죽을 위험에 노출이 되었다.

귀족인 아버지와 노예인 엘프 엄마, 이 관계에서도 알 수 있듯 귀족인 아버지에게도 자식으로 인정을 받지 못하고, 억지로 노예가 되어 인간에게 강간을 당해 아이를 낳게 된 엘프는 그를 자식으로 인정하지 않았다.

이 때문에 태어나면서 방치가 된 제로미스는 귀족의 자식이면서도 하인들만 못한 삶을 살았다.

그나마 다행이라면 외모가 인간과 다를 것이 없었다는 것이다.

보통의 하프 엘프는 그 특성상 엘프에는 미치지 못하지만 인간에 비해 상당히 큰 귀를 가지는 것이 특징인데 제로미스는 그렇지 않았다.

아마도 인간인 아버지의 피가 진하게 옮겨 온 듯했다.

하지만 엘프인 어머니에게 아무것도 물려받지 못한 것은 아니었다.

엘프의 피를 물려받아서 그런지 순수 엘프에는 미치지 못하지만 무척이나 아름다운 외모를 가지고 있었다.

뿐만 아니라 뛰어난 두뇌와 자연의 축복인 마나와의 교감도 상당히 높았다.

한마디로 마법사의 자질을 타고났다고 보면 되었다.

이렇게 부모에게 외면을 받고 태어났지만 뛰어난 재능을 물려받기도 했다.

천덕꾸러기로 어린 시절을 보내던 제로미스가 10살 때, 귀족가를 찾았던 마법사의 눈에 띄지 못했다면 제로미스의 운명은 정반대로 바뀌어 있을 것이다.

하지만 운명은 그를 마법사의 길로 인도했다.

당시 그를 찾은 마법사는 일정한 보상을 하고 제로미스를 그의 아버지로부터 사들였다.

농예 아닌 노예 신분이었던 제로미스는 마법사에게 팔려 가 많은 실험을 당했다.

물론 그런 과정에서 제로미스는 그 마법사에게 마법을 배웠지만 말이다.

마법 실험을 당하면서 부작용으로 고생도 하고, 때로는 마법이 성공을 하여 득도 보았으니 좋을 것도 그렇다고 나쁠 것도 없었다.

아무튼 마법사에게 팔려 가 마법을 익히고 그 마법사가 죽었을 때는 그 마법사의 유진을 모두 수습을 하였다.

그렇게 마법사에게 실험 재료로 팔려 가며 마법사의 길에 접어든 제로미스는 장장 50년을 홀로 마법 수련을 하였다.

그렇게 50년간 수련을 하여 6클래스가 된 제로미스도

극복하지 못한 것이 있었다.

그것은 바로 10년간 계속된 가뭄으로 인한 기근이었다.

마법사도 밥을 먹어야 한다. 아무리 6클래스의 마법사라도 먹지 않으면 죽는다는 것은 누구나 알고 있는 상식이다.

제로미스가 자신의 몸을 의탁할 곳을 찾던 중 가장 먼저 생각한 곳은 자신이 태어난 귀족가였다.

하지만 그런 생각은 금방 사라졌다.

자신을 인정하지 않았던 아버지나 어머니, 두 존재는 제로미스에게 트라우마였다.

마나의 축복을 받고 태어난 인간이자 엘프인 제로미스에게 트라우마는 극복하기 어려운 과제였다.

그래서 그는 자신이 태어난 곳과 가장 먼 정반대의 나라로 이동을 하였고, 그러다 정착한 나라가 바로 로메로 왕국이었다.

로메로 왕국은 자연의 축복을 받은 곳인지 10년째 계속되는 가뭄 속에서도 풍작을 이루며 성장을 하고 있었다.

하지만 주변 나라들이 그런 로메로 왕국을 호시탐탐 노리고 있을 때 고위 마법사가 찾아오자 로메로 왕국의 국왕은 제로미스의 제안을 받아들였다.

그때까지 로메로 왕국에는 제대로 된 궁중마법사가 없었

기 때문이다.

다른 나라에는 6클래스의 마법사도 있고, 최하 5클래스의 마스터들이 궁중마법사로서 자리 잡고 있었다.

하지만 로메로 왕국은 이케아 대륙 한쪽 구석에 있는 농산물 빼고는 별 볼 일 없는 나라였기에 마법사들은 로메로 왕국을 선호하지 않았다.

마법사들은 로메로 왕국처럼 농산물이 풍부한 나라보다는 자원이 많은 국가를 선호했다.

그래야 자신들의 마법 실험을 하는 데 도움을 받을 수 있기 때문이다.

로메로 왕국에서는 마법 실험에 필요한 자원을 구하기 어렵다 생각한 마법사들은 로메로를 찾지 않았다.

제로미스는 다른 마법사들과 다르게 실험 보다는 정신적 수양이 필요했다.

그렇기에 제로미스는 보다 안정적인 삶이 필요했고, 그런 목적에서 로메로 왕국은 그에게 안성맞춤이었다.

물론 로메로 국왕도 6클래스 마법사가 제 발로 찾아왔는데, 내칠 입장이 아니었다.

마치 호박이 넝쿨 채 굴러 왔는데 걷어찰 멍청이가 어디 있겠는가?

차분하게 옛일을 생각하던 제로미스는 자신을 부른 국왕

이나 기사단장의 표정에서 현재 전선이 어떻게 진행되고 있는지 짐작할 수 있었다.

'로메로 왕국은 이대로 끝이 나는 것인가?'

제로미스는 그동안 로메로 국왕의 도움으로 꿈에 그리던 7클래스에 들어섰다.

그리고 8클래스로 들어설 수 있는 방법을 발견했다.

시간만 더 있었다면 8클래스도 꿈은 아닐 것인데 중요한 순간에 자신이 몸담고 있는 왕국이 기로에 서 있었다.

제로미스가 생각에 잠겨 있을 때, 그의 옆에 있던 왕자가 물었다.

"아바마마! 도대체 무슨 일이시기에 그렇게 침통한 얼굴이십니까?"

한순간 씁쓸한 표정이던 국왕이 뭔가를 결심했는지 굳은 표정으로 대답을 하였다.

"이미 이곳에 오면서 짐작은 하고 왔을 것이라고 본다. 적군이 왕도에서 그리 멀지 않은 지점까지 진격을 했다고 한다."

로메로 국왕의 말이 계속될수록 이야기를 듣는 왕자들과 그들의 호위 기사들의 표정이 굳어졌다.

"폐하, 이곳은 저희들이 막을 테니 폐하께서는 왕자님들과 함께 피난을 가시지요."

왕자들과 기사들이 로메로 국왕에게 피난을 권고하였다.

하지만 로메로 국왕의 눈은 이미 모든 것을 포기한 상태였다.

그저 자신의 아들들에게 마지막 희망을 걸고 있는 것으로 보였다.

"제로미스 경."

제로미스는 자신을 부르는 국왕의 말에 대답을 했다.

"예, 폐하."

제로미스가 대답을 하자 로메로 국왕이 말을 하였다.

"왕궁 지하에 가면 텔레포트 마법진이 있을 것이오. 초대 국왕께서 이런 일을 대비해 마련해 둔 것으로, 마법이 발동하면 대륙의 반대쪽으로 이동을 할 것이오."

제로미스는 왕궁에 텔로포트 마법진이 설치되어 있다는 말에 그리 놀라지 않았다.

일반 귀족가에도 비밀 탈출로나 텔로포트 마법진이 설치된 곳도 있기 때문이다.

하지만 대륙의 반대쪽으로 이동한다는 말에 경악을 금치 못했다.

텔레포트는 들어가는 마력의 양에 따라 거리를 늘릴 수 있다는 장점이 있다.

하지만 거리가 100㎞가 넘어갈수록 필요한 마력의 양

은 2배씩 늘어난다.

즉 100㎞에 마력이 100이 들어간다면, 200㎞에는 200의 마력이, 300㎞는 400 그리고 400㎞는 800이 필요한 것이다.

이런 사실을 잘 알고 있는 제로미스로써는 지하에 있는 텔레포트 마법진이 대륙의 끝까지 갈 수 있다는 사실에 놀랐다.

'이건 절대로 인간이 만든 마법진이 아닐 것이다.'

제로미스가 상식에 절대로 인간이 영역을 초월한 마법이라 생각했다.

자신은 인간의 한계라는 6클래스를 정복하고 엘프의 영역인 7클래스, 그것도 마스터다.

조만간 마력만 충분하다면 하이 엘프와 드래곤만이 가능한 8클래스까지 도달할 수 있는 깨달음까지 가지고 있다.

하지만 그런 자신도 텔레포트 마법으로 9,800㎞나 되는 거리를 이동할 수 있다는 마법진을 완성한다고 장담할 수가 없었다.

상상도 못할 먼 거리. 사실 이 정도면 드래곤이나 가능할 워프 마법진을 그리는 것이 더욱 효율적이리라.

이런 생각까지 하게 된 제로미스는 아직 확인한 것은 아니지만 최소 8클래스 마스터나 어쩌면 드래곤이 일부러 인간들이 이해하는 범위에서 마법진을 만들어 준 것이라 생각했다.

"마법진에는 딱 한 번 사용할 마력이 준비되어 있으니 아마 샤만 제국이라도 뒤쫓을 수는 없을 것이오."

로메로 국왕은 마법진이 단 한 번만 작동하고 멈출 거라 말을 하였다.

그의 말을 듣고 제로미스는 자신의 짐작이 맞았다는 듯 고개를 끄덕였다.

절대로 인간 마법사가 만든 것이 아니란 것을 말이다.

아직 마법진을 확인하지 않았지만 만약 자신이 8클래스를 완성한다면 한 번이 아니라 재가동도 가능할 것이라 생각하며 문득 마법진을 어서 빨리 확인해 보고 싶은 욕망이 끓어올랐다.

이미 8클래스의 깨달음도 얻어 마력의 량만 충분하다면 8클래스에 오르는 것은 시간문제라 더 이상의 깨달음을 얻어도 소용이 없었다.

천성이 마법사니, 자신보다 상급의 존재가 만들어 놓은 것으로 짐작되는 마법진을 볼 수 있다는 생각에 호기심을 이길 수가 없는 것이다.

더욱이 8클래스의 깨달음과 또 다르게 상위의 마법을

구경하다 보면 더 깊은 깨달음을 얻을 수 있을지도 모르기에 제로미스의 생각은 이제는 로메로 왕국의 멸망 보다는 온통 마법진에 쏠렸다.

한편 로메로 국왕이 왕궁 지하에 탈출용 마법진이 있다는 말을 할 때 왕자들과 함께 들어온 호위기사들 중 일부의 눈빛이 달라졌다.

어느 곳에나 인간의 욕심은 있는 듯, 눈빛이 바뀐 기사들은 모종의 일을 꾸미고 있는 듯 로메로 국왕의 마법진 이야기 후로 서로 눈빛을 주고받으며 뭔가를 모의하였다.

◈　　◈　　◈

어두운 공간 로메로 국왕을 비롯한 많은 사람들이 왕궁 지하로 내려왔다.

지하 공동의 벽에 횃불이 타오르며 주변을 밝히고 있지만 공간 전체를 밝히지 못하고 있을 정도로 지하는 넓었다.

어두운 지하를 밝히기 위해 제로미스는 라이트 마법을 시전 하였다.

"라이……."

하지만 제로미스가 마법을 시전 하려던 찰나 그를 부르

는 사람이 있었다.

"잠깐! 제로미스 마법사, 멈추시오."

그를 부른 사람은 다름이 아니라 국왕인 로메로였다.

"무슨 일이시기에 절 부르신 것입니까?"

아무리 국왕이라지만 마법을 시전 하는 중 방해를 한다는 것은 무척이나 무례한 일이었다.

만약 제로미스가 7클래스 마스터이고 8클래스의 깨달음까지 얻은 마법사여서 마력의 운영이 다른 마법사들에 비해 월등하지 않았다면 큰 충격을 받았을 것이다.

마력의 날뜀을 진정시킨 제로미스는 갑자기 자신을 부른 국왕을 향해 물었다.

"폐하 무슨 일로 마법을 방해하신 것입니까?"

로메로 국왕은 얼른 자신의 실수를 사과하였다.

이케아 대륙에는 불문율이 있는데 그것은 마법사가 마법을 시전 할 때 방해를 하지 않는 다는 것이다.

마법이란 자연에 퍼져 있는 마나와 마법사의 몸 내부에 자리 잡고 있는 마력을 조율하여 부리는 기적.

그렇기 때문에 이는 무척이나 위험한 작업이 아닐 수 없다.

만약 마법사가 마법을 시전 하던 중 방해를 받게 된다면 마법사의 기량에 따라 죽을 수도 있는 아주 위험한 일이다.

그래서 마법사들은 주변에 방해를 받지 않는 곳, 아니면 가드들의 보호를 받을 수 있는 장소에서만 마법을 시전 하였다.

"제로미스 경, 내 잘 몰라 다급한 마음에 실례를 했네."

"아닙니다. 하실 말씀이 있으신 것 아닙니까?"

"그게 이곳에서는 마법을 사용하면 안 된다고 전해져서 마법을 쓰지 못하게 한 것이오."

제로미스는 국왕의 말에 뭔가를 생각해 보았다.

왕국 최후의 비밀이 전승되면서 전해진 이야기라면 허투루 전한 말이 아닐 것이다.

그에 제로미스는 어렴풋하게 바닥에 새겨져 있는 마법진을 살펴보기 시작했다.

마법진에서는 엄청난 마력의 힘이 느껴졌다.

'꿀꺽! 저것만 있다면…….'

제로미스는 마법진에서 느껴지는 마력의 량에 저도 모르게 침을 삼켰다.

마법진에서 느껴지는 마력의 량이라면 자신을 충분히 8클래스로 만들어 줄 수 있을 것으로 느껴졌다.

이미 8클래스의 깨달음을 가진 제로미스지만 한순간 욕심은 어쩔 수 없었다.

하지만 욕심은 욕심.

이 자리에서 만약 저기 마법진에서 느껴지는 마력을 자신이 빨아들인다면 자신은 8클래스에 올라서기도 전에 뒤에 있는 기사들에 의해 죽을 것이다.

그러한 사실을 알기에 금방 욕심을 벌릴 수 있었다.

'어디 보자⋯⋯.'

욕심을 버리니 그의 눈에 마법진의 구성 법칙이 보이기 시작했다.

'이럴 수가? 저렇게도 조합이 가능하구나!'

제로미스가 확인한 마법진은 현재 사용하지 않는 룬어도 간간히 보였다. 특히 룬어를 조합을 하여 새로운 룬어를 만드는 방법이 놀라웠다.

조금 더 연구를 해 봐야 알겠지만, 저렇게 룬어를 조합했을 때 어떤 효과가 있을지 아직은 알 수가 없었다.

그리고 제로미스가 확인하기로 이 마법진은 확실히 인간의 방식이 아닌 엘프의 방식이었다.

그것도 9클래스에 다다른 위자드 급의 마법사가 아니면 감히 엄두를 내지 못할 정도로 거대한 마법이었다.

"인간이 만든 것이 아니군요."

그의 말에 왕자들과 기사들의 눈빛이 반짝였다.

인간의 마법이 아닌 이종족의 마법으로 만들었다는 말이

고, 또 고위 마법진이란 것으로 봐선 안전성이 인간이 만든 것 보다 더 뛰어나다고 할 수 있었다.

그러니 이 마법으로 탈출을 할 왕자들과 기사들의 눈이 반짝이는 것은 당연한 것이다.

자시들의 안전이 확보되었다는 소리를 들은 그들은 고개를 돌려 로메로 국왕을 쳐다보았다.

"나도 이 마법진이 어디로 향하는지는 알지 못한다. 다만 초대 국왕께서 하이엘프를 구해 준 것을 보답하는 의미에서 하이엘프의 족장이 만들어 준 것이라 전해진다. 그때는 엘프와 관계가 좋았다고 하던데……."

로메로 국왕은 뭔가 아쉽다는 듯 애잔한 눈빛을 하며 말을 하였다.

왕실에 전해지는 사서에 의하면 엘프와 로메로 왕국은 무척이나 관계가 좋아 서로 교류를 하였다고 한다.

그대 왕국이 위기에 처할 때면 엘프 족은 지원군을 보내 줬다고 한다.

오늘처럼 위기에 처란 로메로로서는 당시의 엘프 지원군이 아쉬운 상태다.

그들은 뛰어난 헌터이자 뛰어난 스카웃터였다.

뿐만 아니라 위대한 마법사요, 정령사였다.

그들 100명이면 제국군 1만 명도 무섭지 않았다고 전해지는데, 현재는 엘프는 고사하고 이종족을 본 인간이 드물 정도다.

이 모든 것이 인간의 욕심 때문에 이종족을 습격해 노예로 부리면서 이종족과 인간의 관계는 치유하지 못할 정도로 간격이 벌어졌다.

로메로 국왕은 아쉬움을 뒤로하고 왕자들에게 말을 하였다.

"곧 야만적인 샤만 제국군과 배신자들이 왕궁을 덮칠 것이다. 왕자들은 가족들을 거느리고 다시 이곳으로 모여라."

로메로 국왕은 왕자들에게 가족을 건사해 이곳으로 모이라는 명령을 하였다.

이미 대륙은 샤만 제국의 수중에 들어갔다.

대륙 어디를 가던 모두 샤만 제국의 땅이란 소리.

그런 곳에 왕자들과 기사들만 떨어진다면 어떻게 생활을 할 것이면 인내할 수 있겠는가?

그 때문에 국왕은 이곳에 가족들을 대리고 집결하라는 명령을 내린 것이다.

그리고 그건 다른 기사들도 마찬가지였다.

아마도 로메로 국왕은 이미 로메로 왕국의 국운은 끝났으니 어디 산간벽지에 숨어 안전한 삶을 영위하라는 뜻이

리라.

◆　　　◆　　　◆

마법진이 있는 왕궁 지하가 아무리 넓다 하지만 세 명의
왕자와 그의 식솔들 그리고 그들의 호위 기사들과 그들의
식솔까지 모두 한자리에 모이니 마법진 안쪽을 뺀 주변이
꽉 찼다.

웅성웅성.

영문도 모르고 따라온 사람들은 저마다 지금 무엇 때문
에 자신들이 왕궁지하에 있는지 알지 못해 혹시나 정보를
가지고 있는 사람이 있는지 옆 사람에게 물어볼 뿐이다.

하지만 어느 누구도 지금 상황을 정확히 알고 설명해 주
는 사람은 없었다.

"모두 조용히 하라!"

지하 광장이 웅성거림에 정신이 없자 그동안 조용히 왕
자들을 기다리던 로메로 국왕이 나직하니 말을 하였다.

하지만 비록 낮은 목소리였지만, 지하라는 밀폐된 공간
이다 보니 소리가 울려 모든 사람들의 귀에 들렸다.

"예, 폐하!"

"모두 들어라!"

로메로 국왕은 자신을 보는 왕실 가족들이나 호위 기사들의 가족들을 보며 이야기를 하기 시작했다.

"이미 알고 있는 사람도 있겠지만 현재 우리와 전쟁을 하고 있는 샤만 제국의 병사들과 적들에게 돌아선 배신자들의 군대가 왕도에서 10㎞ 밖까지 밀려왔다고 한다. 이에 난 초대 국왕께서 건설한 텔레포트 마법진을 가동하려고 한다."

국왕의 말에 장내는 한순간에 아수라장이 되고 말았다.

하지만 그것도 잠시. 로메로 국왕이 손을 들자 순식간에 조용해졌다.

"조용. 이곳에 설치된 것은 제로미스 경의 확인한 결과 안전하다고 한다. 그러니 모두 차례대로 마법진의 가운데로 이동을 하라!"

"예, 폐하."

"알겠습니다, 아바마마."

국왕의 명령에 지하에 있던 사람들이 순서대로 마법진 안으로 들어섰다.

물경 100명에 달하는 인원이 마법진 안으로 들어서자 로메로 국왕은 고개를 돌려 아직까지 마법진을 살피고 있는 제로미스를 쳐다보았다.

제로미스는 처음 이곳에 도착을 하였을 때부터 마법진에

마음을 뺏겼다.

그래서 왕자와 기사들이 자신의 가족을 데리러 갈 때에도 자리를 떠나지 않고 마법진을 살폈다.

8클래스 마스터 내지는 9클래스의 위자드가 설치한 것으로 짐작되는 텔레포트 마법진에는 지금은 사라진 조합식이 혼용되어 있어 지식욕이 왕성한 제로미스의 굶주림을 충족시켜 주고 있었다.

"제로미스 경!"

주변의 소란에도 마법진을 살피던 제로미스는 자신을 부르는 소리에 정신을 차리고 고개를 돌렸다.

고개를 돌린 곳에는 자신을 주시하고 있는 로메로 국왕이 보였다.

"아! 죄송합니다. 그만……."

"아니오. 내 마법사인 경의 심정 다 이해하오. 그러니 다 살폈다면 이만 마법진을 가동해 주시오."

제로미스는 자신의 불찰에 대하여 국왕에게 사죄를 하였고, 그런 제로미스의 사죄에 로메로 국왕은 마법사의 새로운 마법에 대한 욕심을 충분히 알기에 이해해 주었다.

"알겠습니다. 그럼 폐하께서도 마법진 안으로 드시지요."

제로미스는 자신의 실책에 대하여 너그럽게 용서를 해
주는 로메로 국왕의 말에 고개를 숙이며 대답을 하고 국왕
에게도 마법진 안으로 자리하기를 권했다.

하지만 들려온 대답은 의외의 것이었다.

"아니, 난 떠나지 않을 것이오."

"아니, 폐하! 아니 됩니다."

국왕의 결심에 빌헬름 백작이 큰소리로 만류하였다.

"그렇습니다. 어떻게 존귀하신 아바마마가 가시지 않는
데 저희가 떠날 수가 있겠습니까?"

저메인 왕세자는 마법진에서 나와 로메로 국왕을 보며
간절히 갈구했다.

"할아버지 같이 가요."

왕세자에 이어 왕실 가족 중 가장 어린 율리아 공주가
로메로 국왕을 부르고 있었다.

그런 공주의 어여쁜 모습에 로메로 국왕의 눈이 잠시 흔
들리긴 했지만 국왕은 자신이 이곳에 남아 죽어야 적들이
이들을 추적하지 않을 것이란 사실을 알기에 그럴 수 없었
다.

자신을 부르는 손녀를 살짝 안아 주고는 왕세자인 저메
인 왕자를 보았다.

"내가 너희와 함께 떠나게 된다면 대륙 어디에도 발붙일

곳이 없어진다. 하지만 내가 이곳에 남아 왕국과 최후를 함께한다면 저들은 대륙을 통일했다는 명분 하나로 더 이상 너희를 쫓지 않을 것이다.”

저메인 왕세자는 아버지인 로메로 국왕이 이미 마음을 굳혔다는 것을 깨닫고 눈물을 흘렸다.

“아버지!”

저메인 왕세자의 국왕을 부르는 호칭이 더 이상 왕을 부르는 호칭이 아닌 그저 자신의 아버지를 입에 담았다.

이는 왕실에서는 있을 수 없는 일이지만 현재 로메로 국왕이 어떤 마음으로 자신들을 떠나보내는 것인지 잘 알기에 그리 불렀다.

그리고 로메로 국왕 또한 자신의 아들이면서도 아들이라 부르지 못했던 왕자들의 이름을 하나, 하나 불러 주었다.

“저메인, 필립, 에드워드…… 너희는 절대로 오대가 지나기 전까지 대륙으로 나오지 말아야 한다. 이는 너희를 위한 내 마지막 충고이니라!”

“잘 알겠습니다. 아버지의 말씀대로 저희는 대륙으로 나오지 않겠습니다.”

로메로 국왕은 이제 가면 다시는 볼 수 없을 자식들에게 아버지로서 마지막 충고를 해 주었다.

아무리 샤만 제국이 자신의 죽음으로써 로메로 왕국의

멸망과 대륙 통일이란 명분을 얻어 이제는 대륙을 통합하는 길에 접어들 것이다.

물론 멸망한 왕국을 부활하려는 움직임도 있을 수 있다.

하지만 이미 대륙에는 멸망한 왕국을 재건하기 위한 움직임이 있으나, 너무도 막강한 샤만 제국군과, 그들의 앞잡이가 된 귀족들로 인해 힘을 발휘하지 못하고 있었다.

사실 10년이나 계속된 가뭄으로 평민들에게는 누가 지배자가 되건 상관이 없었다.

그저 배곯지 않기만을 바랄 뿐이었다.

가뭄이 계속되면서 세금을 내지 못해 도망쳐 산적이 된 평민들이 무척 많았다.

귀족들은 영지에 가뭄이 들거나 말거나 세금을 예년 그대로 거둬들인다.

그 때문에 부족한 세금을 내지 못하여 아내나 딸을 베일리프(Bailiff, 토지 관리인)에게 빼앗긴 이들이 살기 위해 가족과 함께 야반도주를 하여 산으로 들어갔다.

일부는 화전민이 되기도 했지만 대부분이 산적이 되었다.

아무것도 없는 이들이 모이다 보니 먹고 살기 위해 자신들 보다 약하거나 소수의 인원을 습격하여 생계를 이어 갔다.

그리고 일부는 세력화 하여 상인을 습격하기도 했다.

이렇게 대륙에 도적들이 들끓고 있는 중에 로메로 왕국의 왕실 가족들이 잠적을 한다고 해서 추적을 할 이유는 없었다.

보이지도 않는 자들을 찾기 위해 인력을 낭비할 정도로 샤만 제국의 사정이 좋지 못하였다.

이러한 사정을 알기에 로메로 국왕은 이들에게 5대까지 숨어 지내라는 말을 하였다.

1세대를 30년으로 잡는다면 5대면 150년.

150년이 흐른 뒤에 샤만 제국이 남아 있다고 하더라도 과거 로메로 왕국의 후예들을 굳이 잡아들일 이유가 없다.

이미 로메로 왕국은 샤만 제국에 녹아들었을 것이고, 150년이 흐른 뒤 왕인들은 로메로의 왕족을 모두 잊었을 것이기에 신경 쓰지 않을 것이다.

이런 이유로 로메로 국왕은 자신의 아들에게 그런 명령 아닌 명령을 내렸다.

저메인 왕세자도 무엇 때문에 자신의 아버지인 로메로 국왕이 그런 말을 했는지 깨닫고 약속을 했다.

자식들과 이야기를 끝낸 로메로 국왕은 다시 제로미스에게 마법진을 가동하라는 말을 하였다.

"제로미스 경 어서 서두르시오."

"알겠습니다. 그럼, 폐하 안녕히 계십시오."

"잘 가거라! 나의 아이들아!"

비장한 로메로 국왕의 말을 뒤로하고 제로미스는 마법진에 자신의 마력을 주입시켰다.

이미 마법진의 파악을 모두 끝냈다.

어느 부분이 마법의 시작점이고 또 어느 부분이 텔레포트 마법진에 마력을 구동하는 부분인지 파악이 끝났기에 마법진을 구동시키기 위해 마력을 주입한 것이다.

텔레포트 마법진에 마력을 주입하고 있던 제로미스는 뭔가 이상한 느낌을 받았다.

분명 자신이 마법진을 살필 때 계산한 필요한 마력의 량보다 지금 들어가는 마력이 많은 것이다.

100여 명을 텔레포트 시키는 마법진이라 순서에 따라 들어가는 마력의 양이 정해져 있었다.

그런데 자신의 계산이 틀린 것인지 지금 필요 마력의 양에 비해 일 할이 더 들어가고 있는 것을 느낀 제로미스는 얼른 마법진을 살피기 시작했다.

만약 자신의 계산이 잘못되었다면 자신과 마법진 안에 있는 사람들은 공간의 미아가 될 수도 있기 때문이다.

아니, 어떻게 성공을 한다고 하더라도 어떤 부작용이 나타날지 아무도 모르는 일이다.

생각보다 많이 들어가는 마력으로 인해 마법진을 살피던 제로미스의 눈에 이상한 것이 보였다.

마법진 내부에 있는 사람들 중 한 명이 마법진을 밟고 있는 게 아닌가.

그 때문에 마법진에 들어가는 마력에 과부하가 걸려 과도하게 마력이 소모되었던 것이다.

"거기 마법진을 밟고 있으면 어떻게 하나! 어서 발을 떼게!"

지적을 받은 기사는 얼른 자신의 발을 원래의 위치로 옮겼다.

하지만 그 기사가 제자리로 이동을 하자 이번에는 그 옆에 있던 기사 한 명이 이상한 행동을 하였다.

마치 마법이 시전 되는 것을 늦추려는 듯 다른 사람들 모르게 마법진을 밟아 마력을 소모시키고 있었다.

마법진의 마법은 주입된 마력이 임계점에 이르렀을 때 발동이 된다.

그런데 이렇게 그려진 마법진에 이물질이 끼게 된다면 그 부분에 과부하가 걸려 필요한 마력보다 더욱 많은 마력이 필요하게 된다.

즉, 과부하로 소모된 량만큼 더 많은 마력이 주입되어야 한다는 소리였다.

그 때문에 제로미스는 자신이 계산하고 주입했던 마력에 마법이 발동을 하지 않고 더 들어가는 것에 의심을 하다 주변을 살핀 것인데, 한 명이 그렇게 한 것이라면 실수라 생각하겠지만 또 다른 기사가 그와 비슷한 행동을 하자, 이건 뭔가 잘못되었다는 생각이 들었다.

"홀드!"

제로미스는 아까 로메로 국왕이 이곳에서는 마법을 사용하면 안 된다는 주의를 주었지만 마법을 사용했다.

아까 전에 국왕이 주의를 준 것은 마법진에 있는 마정석이 품고 있는 마력이 소모되는 것을 막기 위해 주의를 준 것으로 텔레포트 마법을 펼치기 위한 량의 마력만 품고 있는 마정석이기에 그 공간에서 마법을 사용하게 되면 분명 마정석에서 마력이 어느 정도 소모될 것이 분명했다.

이러한 사실을 알기에 제로미스는 주변에서 마력을 끌어들이지 않고 자신이 가지고 있는 순수 마력을 이용해 홀드 마법을 시전 한 것이다.

홀드 마법에 걸린 기사는 당황했다.

갑자기 마법사가 자신을 마법으로 묶었기 때문이다.

"이게 무슨 짓입니까?"

마법에 묶인 기사는 당황하며 고함을 쳤다.

그런 기사의 모습에 모든 사람들이 마법을 시전 한 제로미스를 쳐다보았다.

"제로미스 경 무슨 일이기에 클락 경에게 마법을 건 것입니까?"

빌헬름 백작은 자신의 수하인 클락이 제로미스의 마법에 당하자 이유를 물었다.

지금 왕실 가족을 피난 보내기 위해서 최선을 다해야 할 시기에 이렇게 내분에 휩싸이니 당황해 물은 것이다.

하지만 질문을 받은 제로미스는 차가운 눈빛으로 자신의 마법에 묶인 클락을 쳐다보며 물었다.

"무엇 때문에 마법 시전을 방해하는 것이지?"

질문을 받은 클락은 당황하며 자신의 주변에 있는 동료들을 쳐다보았다.

그런 클락의 시선을 받은 기사들은 표정이 굳어졌다.

굳어진 표정의 기사들의 모습을 마법진 밖에서 이들의 이동을 지켜보던 로메로 국왕의 눈에 고스란히 노출이 되었다.

"클락 경은 어서 제로미스 경의 질문에 답을 하기 바라네."

부탁하는 듯한 로메로 국왕의 말이었지만 듣는 클락은

그게 엄청난 압박이 되었다.

사실 이곳에 있는 기사들 몇은 이미 샤만 제국에 넘어간 상태였다.

자신의 집안이 이미 샤만 제국에 전향했다는 소식을 들은 뒤 고민을 했었다.

충성을 맹세한 대로 왕실 가족을 위해 의리를 지킬 것인지, 아니면 집안을 위해 맹세를 저버릴 것인지 몇 날을 고민했다.

하지만 이들도 인간인지라 맹세보단 삶을 택했다.

양심과 욕망의 싸움에서 이들은 욕망에 지고 말았다.

더욱이 이들에게 집안의 안위라는 면죄부가 있지 않은가?

물러설 곳이 없다면 백만 대군에도 대적할 듯 용기를 내지만, 피할 곳이 조금이라도 보인다면 바로 현실을 외면했다.

이미 전향하기로 결정한 기사들은 이미 자신들끼리 내통을 하여 전쟁이 끝났을 때 보다 더 높은 곳으로 오르기 위해 전공을 세울 계획을 계책을 마련했다.

그것은 바로 로메로 왕국 왕실을 샤만 제국에 넘기는 것이었다.

적국 왕실 가족을 모두 붙잡는 것은 점령군으로서 가장

큰 전공.

그런데 이들의 계획에 차질이 일어났다.

원래 계획은 왕실 가족들이 호위와 함께 피난길 도중 왕도와 어느 정도 떨어졌을 때 모두 붙잡아 왕도로 진격하는 샤만 제국군에 이들을 넘긴다는 계획이었다.

만약 계획대로만 되었다면 최고의 전공에, 샤만 제국에 귀족으로서 편안한 삶이 보장될 수 있을 것이다. 하나 왕실에 이런 날을 대비해 텔레포트 마법진이 준비되어 있었다는 것에 계획이 수포로 돌아가게 되었다.

결국 전향한 기사들은 왕도에 있는 가족을 데리러 갈 때 모여 계획을 수정하기에 이른다.

이미 샤만 제국군이 왕도 근처까지 왔다고 하니 그때까지 시간을 끌자는 것이었다.

시간을 끌기 위해서 어떻게 해야 하는지 생각하던 이들은 자신들이 알고 있는 마법사를 찾아가 조언까지 구했다.

물론 자신들이 무엇 때문에 그런 질문을 했는지는 알리지 않고 원하는 것만 들은 것이다.

이렇게 사전 모의를 한 기사들은 제로미스가 국왕의 명령으로 마법진의 마법을 시전 하려고 하자 이를 방해하였다.

하지만 기사들은 제로미스의 경지를 생각지 못했다.

이들의 방해가 있었지만 제로미스는 마법을 교정하고 과도하게 소모되는 마력 손실의 원인을 찾아냈다.

제로미스는 일단 가장 의심되는 행동을 한 클락을 마법으로 묶고 마법을 방해하는 이유를 물었다.

이때 사전 모의를 했던 기사들은 자신들의 계획이 틀어졌다는 것을 깨닫자 차선책으로 준비했던 것을 진행했다.

"들켰다! 쳐라!"

왕자들 근처에 있던 기사 중 일부가 클락의 고함치자 옆구리에 차고 있던 검을 꺼내 들었다.

그리고 다른 호위 기사들도 뭔가 이상하다는 생각에 긴장을 하고 있었는데, 클락이 느닷없이 고함을 지르자 자신도 모르게 칼을 꺼냈다.

이미 마법진 위에 있던 기사들은 서로 편을 가르며 대치를 하기에 이르렀다.

그렇지만 배신을 한 기사들의 운명은 제로미스에 의해 결정이 되었다.

그들은 자신들 편에 선 마법사가 이 자리에 없다는 것을 뼈저리게 후회해야만 했다.

"그레이트 홀드!"

제로미스는 조금 전 클락을 묶은 홀드 마법을 다시 한 번 시전 했다.

하지만 조금 전과 조금은 다른 마법이었는데, 개인을 묶는 마법이 아니라 대단위 병력을 묶어 버리는 대단위 마법이었다.

이 때문에 마법진 안에 있던 사람들은 마법에 묶여 꼼짝을 하지 못했다.

"어찌 이런 일이……."

호위 기사들의 반란과 제로미스의 마법을 지켜본 로메로 국왕은 망연한 표정을 하였다.

설마 최측근이라 생각했던 왕실 기사들에게서 배신자가 나올 것이라고는 감히 상상도 못했다.

일부 배신한 기사 중에는 왕실의 피가 섞인 기사도 있었기 때문이다.

왕실의 녹을 먹고 살던 기사들이 어찌 기사도를 버리고 배신을 한단 말인가?

"허허, 나라가 이리 썩은 줄 몰랐다니……."

국왕의 한탄을 뒤로하고 빌헬름 백작은 눈에 핏발이 섰다.

감히 명예로운 왕실기사단에서 배신자가 나온 것이다.

더욱이 그중에는 자신의 차남이 끼어 있었다.

"네 이놈!"

빌헬름 백작은 꺼냈다가 아직 검집에 넣지 않은 자신의

검을 들고 마법진 안으로 뛰어들었다.

"아, 아버지!"

빌헬름 백작의 차남은 창백한 얼굴로 빌헬름 백작을 불렀다.

하지만 붉게 달아오른 빌헬름 백작은 자신을 부르는 차남의 목소리에 대답을 하지 않고 달려들었다.

왕국을 버리고, 충성을 맹세했던 왕실을 배신한 기사들은 달려오는 빌헬름 백작의 모습에 눈이 커졌다.

금방이라도 이들의 목이 백작의 검에 달아날 것이 분명했다.

그런데 이때 반전이 벌어졌다.

배신한 기사들의 목을 칠 것처럼 달려들던 빌헬름 백작의 검이 제로미스를 향해 휘둘러진 것이다.

제로미스는 방심을 하고 있다 살기가 자신에게 향하는 것을 느끼자 본능적으로 실드 마법을 시전 했다.

'실드!'

3클래스 아래의 마법은 뜻만으로도 펼칠 수 있는 경지이기에 가능한 마법.

빌헬름 백작이 기습을 하긴 했지만 뜻만으로 마법을 펼칠 수 있는 제로미스를 죽일 수는 없었다.

하지만 너무도 급하게 시전 한 마법인지라 빌헬름 백작

의 공격을 완벽하게 막을 수는 없었다.

챙!

"윽! 체인 라이트닝!"

뜻으로 펼친 실드 마법으로 백작의 공격을 막은 제로미스는 시전 속도가 가장 빠른 체인 라이트닝 마법을 백작에게 쏘아 보냈다.

마법 시동어가 끝나고 제로미스의 손에서 번갯불이 번쩍했다.

플레이트 메일을 걸치고 있던 빌헬름 백작은 제로미스의 체인 라이트닝에 맞고 그 자리에서 즉사하고 말았다.

하지만 제로미스라고 무사하지는 못했다.

비록 빌헬름 백작의 기습을 막고 그를 처리했다고 하나, 그의 공격을 막을 때 약간의 내상을 입었다.

그리고 급히 5클래스의 체인 라이트닝 마법을 사용하다 보니 내상이 더욱 크게 벌어진 것이다.

"설마 기사단장인 빌헬름 백작까지 배신자였다니……. 도대체 누굴 믿어야 한다는 말인가?"

로메로 국왕은 죽은 빌헬름 백작의 시신을 보며 그렇게 중얼거렸다.

한편 기사들의 반란이 있을 때도 마법진은 계속해서 마력이 흘러나왔다.

이미 임계점에 다다른 마법은 금방이라도 시전 될 것처럼 보였다.

하지만 뭔가 잘못되었다는 것은 금방 알 수 있었다.

처음 마법을 시전 한 지도 얼추 지났다. 이미 임계점을 지났을 마법이 아직도 발동이 되지 않고 있었으며 곧 꺼질듯 깜박였던 것이다.

"전하 마법이 이상합니다. 물러나십시오."

한탄하고 있는 로메로 국왕을 불러 뒤로 무르게 한 제로미스는 마법진 위에 쓰러진 빌헬름 백작의 시체를 마법진 밖으로 끄집어냈다.

그리고 배신한 기사들까지 마법진 밖으로 몰아내고 그들에게도 빌헬름 백작에서 선사했던 마법인 체인 라이트닝을 시전 했다.

배신자들까지 데려갈 수는 없으며, 그렇다고 그들을 로메로 국왕과 함께 남겨 두었다가 국왕이 어떤 낭패를 볼지모르기에 그리 처리한 것이다.

모든 마무리를 한 제로미스는 마지막으로 로메로 국왕에게 인사를 했다.

"전하 이만 가 보겠습니다."

"저들을 부탁하오. 제로미스 경."

국왕의 말을 뒤로하고 제로미스는 마법진의 마력을 컨트

GREAT
그레이트 코리아
KOREA

롤하기 시작했다.

엄청난 마력이 쌓여 있었지만, 제로미스는 최선을 다해 마력을 움직였다.

하지만 이때 파탄이 벌어지고 말았다.

마법진 일부가 조금 전 빌헬름 백작의 공격으로 파손이 되었다.

그 때문에 잠잠하던 마력이 폭주를 하기 시작한 것이다.

2.
환생

제로미스는 점점 흐트러지는 정신을 가다듬기 위해 무던히도 노력을 했다.

연고도 없는 자신을 인정하고 등용해 준 로메로 국왕의 부탁을 완수하기 위해 과부하가 걸린 마법진에 자신의 마력은 물론, 모자란 마력을 대신해 생명력까지 투입을 하였다.

그런대도 마법진은 진정이 되긴 커녕, 갈수록 탐욕스런 아귀 마냥 더욱더 무언가를 갈구하듯 날뛰었다.

이에 제로미스는 하는 수 없이 남은 생명력까지 모조리 마법진에 밀어 넣었다.

'제길, 이것이 끝이구나!'

제로미스는 남은 생명력까지 마법진에 밀어 넣었다.

문득 제로미스의 뇌리로 과거가 주마등처럼 지나갔다.

7클래스를 깨달으면서 제로미스의 기억은 인간이 상상하는 그 이상으로 발전했다.

그래서 그는 자신이 태어날 당시의 기억이 마치 기억 재생 마법을 펼친 것처럼 뚜렷하게 기억이 났다.

온몸을 조여 오던 무언가?

그리고 비좁은 터널을 지나자 볼 수는 없었지만 뭔가 밝은 빛에 놀라 울음을 터뜨리던 자신, 그와 동시에 강하게 자신을 때리는 누군가를 느끼며 자신은 세상에 태어났다.

따듯한 곳에서, 갑자기 차갑게 식은 어느 곳에 방치된 자신, 주변을 시끄럽게 떠드는 사람들, 제로미스는 나주에 그들이 자신의 어머니를 수발하는 하녀들이란 것을 나중에 깨달았다.

제로미스는 태어나면서 한 번도 사람들의 관심을 받았던 적이 없었다.

그것이 갓 태어난 갓난아이라 해도 말이다.

귀족인 아버지와 이종족 노예인 엘프 엄마, 참으로 불행한 조합이 아닐 수 없었다.

어느 누구에게도 인정받지 못하는 탄생을 주인공이 된 제로미스. 이 제로미스란 이름도 사실 제로미스가 팔려 갔을 때 마법사에게 받은 이름이었다.

그전에는 이름도 없이 그저 하인들 틈에서 짐승처럼 생활을 했을 뿐이었다.

그렇게 자신의 일생을 뒤돌아보던 제로미스는 인생에서 기쁜 일도 안타까운 것도 있었고, 또 후회되는 것도 있었다.

기뻤던 일은 자신이 마법사에게 팔려 갔던 일이다.

그 당시만 해도 제로미스는 너무 어려 그것이 자신에게 인간처럼 살아 갈 수 있는 기회를 만들어 줄 것인지는 알지 못했다 .

마법사의 제자 겸 조수, 그리고 실험 재료로 팔리긴 했지만 하인들 틈에서 자랄 때처럼 배 곯지 않고 끼니를 해결할 수 있다는 것만으로 행복했다.

다만 변태적인 마법사는 수시로 엉뚱한 마법을 제로미스에게 실험을 했다.

사실 제로미스를 사 간 마법사는 신전에서 생산하는 포션을 만들어 내겠다며 온갖 재료를 혼합해 만든 액체를 제로미스에게 먹였다.

만약 제로미스가 눈치가 빨라 약을 먹을 때마다 해독제를 챙기지 않았다면 진즉에 죽었을 것이다.

아무튼 그렇게 먹은 약만 해도 몇 백 갤런은 될 것이다.

그런데 아이러니하게도 이때 마셨던 극약 아닌 극약을 엄청나게 먹은 것 때문에 제로미스는 마법사의 다른 제자들 보다 빠르게 마법에 입문할 수 있었다.

어찌 되었든 마법사가 당시 만들었던 재료에는 마력을 올려 주는 재료들이 첨가되었기 때문이다.

힐 마법이 인체에 작용하는 것과 신전에서 만들어 내는 포션이 인체를 치유하는 것을 같은 맥락에서 본 마법사는 자신이 만들 포션도 마력을 담아야 한다고 생각했다.

그래서 그는 자신이 만드는 포션의 재료로 몬스터 중에서 자가 치유를 하는 종류를 선별했다.

자신이 잡을 수 있거나 인간들이 사냥이 가능한 종류를 분류하여 의뢰를 하거나 자신이 직접 구해 만들고 있는 포션의 재료로 사용했다.

뿐만 아니라 몸에 좋다는 약초나 치유하는 데 효능이 있다고 알려진 종류는 독이 있건 없건 상관하지 않고 혼합을 하였다.

이렇게 재생력과 마력이 높은 재료들도 수시로 실험이란 명분으로 복용을 하다 보니 제로미스의 마력은 날로 늘어났다.

그랬기에 젊은 나이에 3클래스가 되어 말뿐인 제자가 아닌, 정식 제자가 될 수도 있었다.

정식 제자가 된 뒤로 제로미스에게 내려진 임무는 재료 수급이었다.

재료 수급을 위한 마법도 배우고, 그때부터 제로미스의 인생이 바뀌었다.

마나와 친숙한 엘프의 피를 절반이나 타고난 제로미스의 마법 실력은 갈수록 탄력을 받아 급속도로 경지를 높여 갔다.

마법에 입문하게 된 지 10년도 되지 않아 실험 재료에서 3클래스에 올라 정식제자가 되었다.

그리고 그의 스승과 같은 5클래스에 오른 것은 그의 나이 서른다섯 살 때였다.

빨라도 너무도 빠른 성장이었다.

이때부터 제로미스에게 시련이 다가왔다.

가능성이 있어 실험 재료 겸 제자로 받아들인 제자가 마법에 입문한 지 30년도 되지 않아 자신과 같은 경지에 오른 것이다.

자신은 그 시간 동안 겨우 4클래스에서 5클래스로 오른 후 진보가 없는 상태인데, 제자는 벌써 자신과 동급으로 올랐으니 질투가 나지 않을 수가 없었다.

사실 대륙의 많은 마법사들이 5클래스의 벽을 깨지 못해 마도사라 불리는 6클래스에 오르지 못하고 안식을 맞았다.

그런 관점에서 보면 제로미스의 스승인 마법사도 특별하진 못해도 마법사로서 그리 떨어지는 마법사는 아닌 것이다.

하지만 마법사도 인간이기에 질투라는 감정에서 벗어날 수 없었다.

아니 이런 인간의 희노애락의 틀에서 벗어났다면 6클래스의 벽을 깨지 못하고 5클래스에 머물고 있진 않았을 것이다.

아무튼 제자의 5클래스 입문에 축하는 해 주지 못할망정 방해는 하지 말아야 하는 것이 스승으로서의 자세.

그렇지만 제로미스의 스승은 그런 참된 인간이 되지 못했다.

자신과 동급에 오른 제로미스를 수시로 방해를 했으며 급기야 그를 내쫓았다.

사실 그때 이미 제로미스의 경지는 그의 스승보다 앞서 있었다.

다만 마력이 부족해 스승보다 다양한 마법을 사용하지 못할 뿐이었다.

그렇게 스승에게서 쫓겨난 제로미스는 산속으로 들어갔다.

이미 그의 스승이 가지고 있는 마법은 모두 숙지하고 있었다.

그러니 그것을 능숙하게 수련만 하면 되는 것이다.

산속에 홀로 마법 수련을 정진하는 제로미스는 적막한 생활 때문인지 마법 실험과 명상을 하였다.

그리고 무료한 시간에 명상을 하면서 생각지도 못하게 깨달음을 얻어 6클래스에 오르게 되었다.

그때가 제로미스의 나이 45살이었다.

35살에 5클래스에 오르고 불과 10년 만에 마도사인 6클래스가 된 것이다.

그 뒤로 5년을 더 산속에서 홀로 클래스의 길을 개척했다.

장장 15년을 산속에 혼자 생활하던 제로미스는 더 이상 경지에 진전이 없자 세상으로 나왔다.

처음 그가 찾은 장소는 자신이 태어난 곳이었다.

하지만 그곳은 자신이 떠나 있을 동안 많이 변해 있었다.

자신의 생부는 이미 죽고 없었다.

뿐만 아니라 생부가 죽고 그의 지휘를 물려받은 새로운 영주는 제로미스의 생모인 엘프를 다른 귀족에게 팔아 버렸다.

아무리 이종족 노예라고 하지만 아버지가 사용하던 성노예를 품는다면 지탄을 받을 수밖에 없었으리라.

물론 이것을 숨기고 아름다운 엘프 노예를 품는 귀족도 있긴 하였다.

하지만 어찌 되었든 제로미스의 배다른 형제는 어머니를 팔아 버렸던 것이다.

제로미스의 생모는 참으로 기구한 운명을 가지고 있는 것인지 그렇게 팔려 간 귀족가는 그의 생모를 사 온 지 얼마 되지 않아 영지전을 벌이다 멸망했다.

그때 제로미스의 생모에 대한 생사는 확인되지 않았다.

다만 들리는 소문에는 탈출했다고도 하고, 또 다른 정보에는 영지전에 승리한 귀족이 노예로 데려갔다고도 하였으나, 확실한 신변은 알려지지 않았다.

생모의 생사에 관한 소식이 끊기자 제로미스는 그 땅에 있을 이유를 찾지 못했다.

물론 생모의 생사가 확인되었다고 해도 그의 선택이 바뀌었을지는 모르겠지만 아무튼 그는 자신이 태어난 왕국이 아니라 가장 멀리 떨어진 로메로 왕국을 택했다.

물론 처음부터 로메로 왕국에 의탁하려던 것은 아니었다.

1800㎞나 떨어진 로메로 왕국까지 정착하기까지 제로

미스는 많은 곳을 떠돌았다.

그가 6클래스에 오른 마도사라고 해도 마도사가 어디 흔한 존재인가?

더욱이 그의 외모는 어머니에게 물려받은 엘프의 피 때문에 30대 초반으로 뿐이 보이지 않았다.

그러니 그가 자신의 경지가 6클래스의 마도사라고 말을 해도 사람들이 믿지 않는 건 당연한 수순이었다.

뿐만 아니라 마도사가 홀로 대륙을 떠돌아다닌다는 것을 믿을 사람은 아무도 없었다.

더욱이 하프이긴 하나, 외모는 인간이기에 더욱 그의 말은 신빙성을 가지지 못했다.

사람들은 제로미스가 6클래스라고 말을 하였을 때 그를 거짓말쟁이라 매도하며 그와 함께하려 하지 않은 것이다.

그때서야 제로미스도 자신의 경지를 2단계 낮춰 4클래스 소개를 하였고 상단도 그때서야 제로미스를 고용했다.

참으로 어처구니없는 일이지만 보통 사람들은 자신의 상식에서 벗어난 제로미스의 외모와 경지의 괴리를 이해하지 못해 생긴 일이었다.

하지만 4클래스라 말하니 그제야 천재 마법사니 하며 그를 적극 영입하려고 했다.

이렇게 우여곡절 끝에 제로미스는 대륙 여기저기 여행을

하다 로메로 왕국에 이르렀다.

사실 로메로 왕국이 아니더라도 제로미스를 원하는 왕국은 많았다.

그렇지만 조건이 맞는 왕국은 이미 자리를 잡은 마법사나 마도사가 있었고, 그나마 적은 나라들도 많은 마법사들이 이전투구를 하고 있어 마음에 들지 않았다.

하지만 로메로 왕국은 아니었다.

빼어난 자연환경과 욕심이 없는 왕국민들의 모습에 마음을 빼앗긴 제로미스는 로메로 왕국에 의탁하게 되었다.

아니 어쩌면 그의 몸에 돌고 있는 절반의 엘프에게서 물려받은 피 때문인지도 몰랐다.

자연을 사랑하는 엘프의 피는 제로미스의 몸 안에서도 작용을 했는지 다른 왕국과 다르게 차분한 로메로 왕국의 풍경과 평민들의 모습에 제로미스를 안주하게 하였다.

더욱이 제로미스의 경지를 알게 된 로메로 국왕은 적극적으로 그를 지원해 주었다.

연고도 없던 그를 높이 평가하며 등용한 로메로 국왕의 배려 덕분에 제로미스의 경지는 빠르게 높아져 갔다.

그리고 비록 하프이긴 하지만 인간으로서 최초로 7클래스를 달성하기에 이르렀다.

이렇기 때문에 제로미스는 로메로 국왕을 자신의 친부모

보다 더 신뢰하였다.

자신의 친부모는 그저 자신을 세상에 낳은 것뿐, 로메로 국왕은 자신을 인정함과 동시에 등용해 주었다.

그렇기에 지금 자신의 생명이 다해 불안정하게 폭주하는 텔레포트 마법진을 통재하려고, 부단히 노력을 하는 것이다.

자신이 죽더라도 은혜를 받은 로메로 국왕과의 약속을 지키기 위해서 말이다.

이렇게 주마등처럼 지나가는 자신의 인생을 되돌아보게 된 제로미스는 한순간 머릿속에서 폭발이 일어나는 듯한 느낌을 받았다.

하얗게 폭발하는 느낌은 말로 형언할 수 없는 기쁨이었다.

자신이 7클래스에 이르렀을 때보다 더 큰 희열.

그와 동시에 폭주하던 마법진이 안정을 찾아갔다.

'아, 이제야 마법진이 진정이 되었구나!'

폭주하던 마법진이 한순간 순한 아기처럼 제로미스의 뜻대로 움직이기 시작했다.

그러던 중 눈앞에서 마법진에 집중되던 마력들이 폭발하는 것을 느꼈다.

'이제 되었다.'

그 폭발이 무엇을 나타내는지 잘 알고 있는 제로미스는 자신이 폭주하던 마법진을 컨트롤 하여 정상적으로 가동시켰다는 것에 안도했다.

자신은 약속을 지켰다. 마법사에게 약속이란 무척이나 중요한 것.

세상의 절대법칙인 마나의 법칙을 연구하는 이로서 절대 거짓을 행해서는 안 된다.

만약 경지에 들어선 마법사나 마도사들이 거짓을 행했을 때, 마나는 그들을 떠났다.

마법사들은 법칙을 비트는 것이지 법칙을 무시하지 않았다.

그렇기에 거짓으로 법칙을 희롱하면 안 되는 것이다.

마나의 축복을 받은 마법사들이 마나의 법칙을 속인다는 것은 축복을 거절하는 것이고, 이는 마법사에게 파탄을 가져다준다.

즉 마법사가 아닌 평범한 인간이 되는 것이다.

아니 세상의 근간인 마나가 자신을 속인 마법사를 배척하기 시작하기에 거짓을 행한 마법사는 평범한 일반인도 되지 못하고 비참하게 죽어 갈 것이다.

더욱이 제로미스처럼 상위 클래스로 올라가는 깨달음을 얻은 대마도사는 더욱 마나의 법칙에 따라 자신의 말에 책임을 져야 한다.

제로미스는 로메로 국왕과 약속을 했고, 자신의 생명력까지 써 가면서 약속을 이행한 것.

비록 생명력이 다해 더 이상 삶을 영위할 수는 없지만 그의 영혼만은 자신이 마도사로서 마나의 법칙을 따랐다는 일념에, 죽어 가는 순간에도 제로미스는 평온했다.

그래서 그런지 지금 제로미스는 조금 전 밝은 빛이 폭발하고 어느 순간 자신의 몸을 감싸는 온기를 느꼈다.

얼마 만에 느껴 보는 포근함인지 알 수는 없었지만 그 느낌이 결코 낯설지가 않았다.

다만 이 느낌이 무언지 생각나지는 않을 뿐…….

결코 벗어나고 싶은 마음은 들지 않았다.

'좋구나!'

어느 순간 제로미스는 그 포근함에 눈을 감았다.

그런데 그런 포근함도 잠시…… 마치 납치라도 당하는 듯 그의 몸이 꼼작, 달싹 하지 못했다.

더군다나 얼마나 많은 자들이 그의 몸을 쥐어짜는 것인지 그 압박이 장난이 아니었다.

'뭐, 뭐야!'

조금 전까지만 해도 세상 그 무엇과도 비교가 되지 않을 정도로 편안하고 포근했던 세상이 아수라장으로 변해 버렸다.

더욱이 지금 그가 있는 곳은 빛조차 분간하기 어려운 어둠 속이라 마치 마계의 악마들도 피한다는 심연의 그곳이 아닌지 의심이 될 지경이다.

'뭔가 잘못되었다.'

제로미스는 지금 뭔가 잘못되었다는 느낌을 지울 수 없었다.

분명 마지막 순간 마법은 정상적으로 작동을 했다.

그것은 대마도사의 경지에든 제로미스가 본능적으로 알 수 있는 일이었다.

대마도사 쯤 되면 마력의 성질만 보고도 마법이 실현되었는지 실패를 했는지 알 수 있었다.

그렇기 때문에 비록 폭주하던 마력을 진정시키기 위해 생명력까지 동원하느라 눈으로 확인하진 않았지만 분명 텔레포트 마법은 성공했다.

그런데 자신에게 이런 일이 벌어지는 것이 이해가 가지 않았다.

그리고 어느 순간 문득 이런 생각이 들었다.

'그런데 나 죽지 않았나? 내가 살아 있는 것인가?'

제로미스는 뭔가 잘못 되었다는 느낌이 들고 곧 자신이 현재 죽지 않았다는 것을 알게 되었다.

분명 이상한 일이었다.

폭주하는 마법진을 진정시키기 위해 자신이 쌓은 마력을 총동원 하였고, 또 그것도 부족해 남은 생명력까지 모두 마법에 쏟아부었다.

비록 그의 나이가 예순 살이라 하지만 하프엘프인 그의 정체를 생각하면 60살이란 나이는 그에게 청춘인 것이다.

더욱이 그는 마도사의 경지를 지나 대마도사의 경지에 오른 마법사.

그의 수명은 하프의 경지를 지나 온전한 엘프의 수명인 600살 이상으로 늘어났을 것이다.

이는 바디체인지로 인한 것으로, 신체가 가진 가장 우수한 형질로 신체를 재구성하는 것을 말한다.

그렇기에 경지에 이른 검사들은 바디체인지로 가장 신체활동이 왕성한 20대로 돌아가는 것이고, 마도사들은 정신이 완숙에 들어서는 40대로 바디체인지를 하는 것이다.

하지만 하프인 제로미스는 신체가 인간의 특성과 엘프의 특성 중 우성인 엘프의 신체로 재구성 되었다.

외모는 인간이지만 내부는 엘프와 같아진 것이다.

그런데 거기에 또 깨달음을 얻어 대마도사가 되니 사실상 제로미스의 생명력은 엘프의 경지를 넘어 엘프들의 지도자인 하이엘프의 경지에 들어섰다.

이는 그가 깨달음이 8클래스에 이르렀다는 것에서 알 수 있다.

이런데 제로미스가 마법이 실패했는지 아니면 성공했는지 그것을 모를까?

분명 마법진의 마법은 성공을 하였다.

비록 제로미스의 모든 생명력을 소모하고서 성공하긴 했지만 말이다.

제로미스는 마법이 성공할 때 자신의 신체에 이미 생명력이 소멸했다는 것도 알 수 있었다.

그러했기에 마법이 성공할 때 모든 미련을 버릴 수 있었다. 또한 그로 인해 약속을 지킬 수 있었다는 사실에 순순하게 기뻐할 수 있었으리라.

그런데 지금 자신이 죽지 않고 어딘가에 갇혀 있다는 것을 깨달았다.

점점 자신을 옥죄는 느낌에 참을 수 없는 짜증과 함께 어서 이곳을 빠져나가야 한다는 생각이 머릿속을 맴돌았다.

'내가 아직 죽지 않았다니? 어서 이곳을 빠져나가야 해!'

제로미스는 자신의 몸이 어딘가로 흘러가고 있다는 것을 조금씩 깨달았다.

'어디로 가는 것이지?'

온몸을 옥죄면서도 자신이 어디론가 옮겨진다는 것을 깨달은 그는 뭐가 뭔지 알 수가 없었다.

7클래스 대마도사이며 8클래스의 깨달음까지 보유한 그에게 작금의 현실이 가리키는 것이 무언지 알 수는 없지만 언젠가 한번 겪은 일인 듯 어색하진 않았다.

다만 그것을 언제 겪었는지 알 수가 없다는 것이다.

그러던 어느 순간 그렇게 이동을 하던 제로미스의 몸이 멈췄다.

그와 동시에 머리에서 싸늘한 기운이 느껴졌다.

'뭐야!'

조금 전에는 몸이 불편하고 옥죄는 느낌은 있었지만 따뜻했다.

그런데 지금은 몸은 따뜻하지만 머리는 차가운 기운에 노출이 되었다.

'설마!'

제로미스는 그제야 자신의 상태를 깨달을 수 있었다.

자신이 경험한 적이 있다고 느낀 것은 바로 자신의 탄생

하던 과정.

왕궁 지하에서 텔레포트 마법진의 폭주를 막기 위해 모든 마력과 생명력까지 쏟아붓고 죽음의 순간에 본 기억이 있는 자신의 태어날 때의 순간이 바로 지금과 비슷했다.

'설마 되풀이 되는 것인가?'

제로미스는 지금 상황을 자신이 죽기 전 경험했던 현상을 다시 되풀이 하는 것은 아닌가, 하는 생각이 들었다.

그가 한참 이렇게 생각을 하고 있을 때, 그를 압박하던 것들이 사라지고 온몸이 차가운 대기에 노출이 되는 느낌을 받았다.

뿐만 아니라 그의 엉덩이 부분에 강한 충격이 전해졌다.

'악!'

"힘주세요!"

하얀 가운을 입은 의사는 산모를 보며 주문을 하였다.

의사의 주문에 산모는 장시간 계속되는 진통에 녹초가 되었지만 그래도 나아야 한다는 일념에 이를 악물고 하체에 힘을 쏟았다.

"으윽!"

산모가 힘을 쏟자 의사는 조금 더 분발을 하라는 듯 주문을 하였다.

"머리가 보입니다! 이제 조금만 더 하면 아기가 나옵니다. 조금만 더 힘을 내세요, 힘!"

의사의 독려가 있어서 그럴까? 아니면 아기의 머리가 보인다는 의사의 말에 힘을 얻었는가?

산모는 어디서 그런 힘이 나는지 더욱 큰소리를 내며 힘을 주었다.

"하악!"

"좋습니다. 머리가 나왔어요! 분발하세요. 곧 아기를 만나 볼 수 있습니다!"

그렇게 의사의 주문에 맞춰 산모가 아기를 낳기 위해 노력을 하고 있었다.

그리고 그 분만실 밖 산모의 가족들로 보이는 남성과 아이들이 초조하게 분만실을 보며 서성이고 있었다.

"아빠! 아기는 언제 나와?"

한 여자아이가 자신의 아빠를 보며 물었다.

"곧 나올 거야."

남자는 딸에게 설명을 했지만 그 말을 들은 딸의 반응은 달랐다.

"조금 전에도 곧 나온다 했잖아!"

그런 딸의 말에 남자도 할 말이 없었다.

벌써 6시간째 계속되는 부인의 산고에 남자도 초조하긴 마찬가지였다.

"아기가 게으름뱅인인가 보다."

생각지도 못한 딸의 말에 남자는 눈을 깜박거렸다.

"왜 그렇게 생각해?"

남자는 자신의 딸이 왜 그런 생각을 했는지 묻지 않을 수가 없었다.

보통은 그런 말을 하기 보단 엄마를 찾거나 아니면 장시간 병원에 있는 것을 지루해하며 떼를 썼을 것인데, 자신의 어린 딸은 그러기보단 늦게 나오는 동생을 기다리고 있는 것이다.

그런 참신한 생각에 남자는 딸에게 질문을 했다.

그런데 역시나 딸의 대답은 신선했다.

"응, 아마도 아기가 엄마 뱃속에서 늦잠을 자느라 늦게 나오는 거야. 엄마가 그랬어. 늦게까지 잠을 자는 사람은 게으름뱅이라고. 그러니 아기는 게으름뱅이야!"

딸의 말을 들으니 어이가 없기는 하지만, 아이의 순수한 생각에 남자는 그런 딸의 머리를 쓰다듬어 주며 말을 하였다.

"그럼 우리 수정이가 동생이 나오면, 게으름뱅이가 되지 않게 잘 돌봐 줘야 해?"

"응, 알았어! 내가 게으름뱅이가 되지 않게 잘 돌봐 줄게!"

남자가 어린 딸과 그렇게 이야기를 하고 있을 때 분만실 안에서 우렁찬 아기의 울음소리가 울렸다.

응애응애!

아기 울음소리가 들리자 남자는 딸을 품에서 떼고 말했다.

"아기가 태어났나 보다. 이제 우리 수정이 동생이 생겼네?"

"응, 어서 동생 보고 싶어!"

수정은 엄마가 들어간 방에서 아기 울음소리가 들리자 눈이 커졌다.

뭔가 온몸을 타고 흐르는 뭔지 모를 전율을 느껴졌기 때문이다.

다만 너무 어려 그 느낌이 무엇을 말하고 있는지 정확하게 알지는 못했지만 결코 나쁘지 않았다.

찰싹찰싹!

응애응애!

엉덩이에 느껴지는 고통에 제로미스는 뭔가 말을 하고 싶었지만 입에서 나온 것은 아기의 울음소리일 뿐이었다.

"부인 건강한 사내아이입니다."

의사는 아기를 번쩍 들고는 엉덩이를 때리다, 아기가 울자 하얀 포대기에 감싸서 아기의 얼굴을 산모에게 보여 주었다.

한편 아기를 낳느라 장시간 산고를 치른 산모는 의사가 자신의 아기 얼굴을 보여 주자 환하게 웃었다.

"아기는 어떤가요?"

의사가 아기의 얼굴을 보여 주자 미영은 아기의 얼굴을 보며 혹시나 어디 잘못된 곳은 없는지 물었다.

그런 미영의 물음에 의사는 환하게 웃으며 대답을 하였다.

"하하, 내 지금까지 많은 아기를 보았지만 이렇게 인형 같이 예쁜 사내아인 처음입니다. 이거 커서 여자들 깨나 울릴 것 같은데요."

의사는 아기가 건강하다는 말을 돌려 그렇게 설명을 하였다.

사실 말이 바른말이지 지금 분만실에 있는 간호사들도 의사의 말에 고개를 끄덕이고 있었다.

그들도 산부인과에 근무를 하면서 많은 아기를 보아 왔다.

그런데 지금 갓 태어난 갓난아기가 이렇게 예쁠 수가 없었다.

보통 아기들은 갓 태어나면 양수에 의해 피부가 쭈글쭈글한 상태로 태어나 무척이나 못생겨 보인다.

하지만 지금 자신들의 보고 있는 아기는 마치 공장에서 찍어 낸 인형처럼 피부가 팽팽할 뿐 아니라 백옥처럼 살결이 뽀얀 것이 마치 백자나 진주를 보는 것 같았다.

"세상에 아기 피부 좀 봐! 도자기를 보는 것 같아!"

"그러게 말이야! 내가 간호사 생활 5년을 하지만 이렇게 예쁜 아기는 처음 봐!"

"이거 이러다 아기 도둑질 하는 사람 생기는 것 아니야?"

아기를 보며 감탄을 하던 간호사들은 뒤에 가서는 정말로 예쁜 아기 때문에 농담을 하였다.

하지만 그 말이 결코 농담처럼 들리지 않는 간호사들이었다.

"어허! 아기가 듣고 있는데 못하는 소리가 없네!"

간호사들의 농담이 도가 지나쳤다는 것을 느낀 의사가 간호사들에게 주의를 주었다.

한편 이런 의사와 간호사들의 칭찬에 미영은 저절로 미소가 어렸다.

조금 농담이 심하긴 했지만 그것도 다 자신이 낳은 아기를 생각해서 하는 말이려니 하며 웃어넘겼다.

확실히 자신이 보기에도 아기는 이제 갓 낳은 아기 같지 않게 피부도 팽팽하고 예뻤다.

'사랑스런 내 아기, 건강하게 자라다오.'

미영은 자신의 옆에 놓인 아기를 보며 속으로 그렇게 중얼거렸다.

엉덩이에서 전해지는 아픔에 울던 제로미스 그런데 아픔에 정신을 놓고 있던 제로미스가 지금 상황이 무언가 이상하다고 느끼기까지 그리 오랜 시간이 걸리지 않았다.

'제길, 왜 아기의 엉덩이를 때리는 거야!'

"세상에 아기 피부 좀 봐! 도자기를 보는 것 같아!"

"그러게 말이야! 내가 간호사 생활 5년을 하지만 이렇게 예쁜 아기는 처음 봐!"

"이거 이러다 아기 도둑질 하는 사람 생기는 것 아니야?"

GREAT
그레이트 코리아
KOREA

자신의 엉덩이를 때린 것에 관해 생각을 하던 제로미스 그런데 주변에서 들리는 소리에 깜짝 놀랐다.

지금까지 한 번도 들어 보지 못했던 언어였기 때문이다.

'이게 어떻게 된 일이지? 설마 이게 내가 태어나던 과거의 기억이 아니란 말인가?'

제로미스는 지금까지 일어난 일을 자신이 예전에 겪었던 일이라 생각을 하고 있었다.

그러했기에 주변에 느껴지는 여자들의 목소리나 자신이 감싸고 있는 천이나 침대의 부드러운 느낌을 귀족가의 아기로 태어났을 때 느꼈던 그 감촉이라 짐작했다.

하지만 곧 그것이 아니란 것을 금방 깨닫게 되었다.

비록 아기라 눈을 뜨지 못해 확신 할 수는 없지만 분명 지금 자신의 주변에서 벌어지고 있는 일은 과거의 경험이 아니다.

'설마 내가 다시 아기가 되었다는 말인가? 어떻게 이런 일이 가능하지? 내가 배운 마법학파는 영혼전이 마법을 사용할 수 없는데?'

제로미스는 계속해서 생각을 하였다.

자신이 배운 마법을 근거로 지금 벌어지고 있는 현상에 대하여 정의를 내리려고 하였지만 쉽게 결론을 내릴 수가 없었다.

특히나 이케아 대륙의 마법에는 많은 종류의 마법들이 있다.

자연계 현상을 마나의 법칙으로 사용하는 엘리멘탈계 마법부터 물체에 마법속성을 담는 인첸트 등 많은 마법이 있다.

그중 지금과 같은 상황에 맞는 마법의 종류는 영혼을 다루는 네크로멘시나 마계의 마족에게 제물을 받치고 힘을 얻는 흑마법류에 한해서 이런 일이 가능하다.

하지만 자신이 익힌 마법에는 네크로멘시나 마족과 계약을 하여 마력을 얻는 흑마법이 없었다.

아니, 깊이 들어간다면 네크로멘시도 약간은 포함이 되어 있겠지만 그건 소울계열이 아니라 재료를 엑스트렉션(Extraction)하는 방법만 발취한 것이다.

즉 네크로멘시하고도 직접적으로는 연관이 없다는 소리다.

그런데 어떻게 해서 자신이 아기의 몸에 들어오게 되었는지 알 수가 없었다.

사실 이케아 대륙에서는 사람이 죽으면 영혼이 살아 있을 동안 쌓은 카르마에 따라 신들이 사는 신계로 올라가든, 아니면 악마들이 살고 있다는 어비스로 간다고 믿었다.

물론 100% 그렇게 두 곳으로 가는 건 아니고, 자신의 선택으로 마계로 가는 경우도 있었다.

이 경우는 흑마법사들이 마계의 존재와 계약을 맺은 뒤 죽었을 때에 한해 그렇다고 알려졌다.

그런데 자신처럼 아기가 되는 경우는 한 번도 없었다.

더욱이 지금 주변에서 들리는 말은 제로미스 자신이 한 번도 들어 보지 못한 언어였다.

이 때문에 지금 8클래스에 달하는 깨달음을 얻었던 대마도사를 지나, 위대한 위자드의 경지에 올라서려 했던 그를 혼란에 빠뜨렸다.

법칙을 연구하여 그것을 실행하는 존재인 마법사, 그런 마법사들 중에서도 상당한 깨달음을 가지고 있는 제로미스지만 현재 자신에게 벌어진 현상에 대해선 아무것도 해답을 얻을 수가 없었다.

한참 원인을 찾아 고민을 하고 있던 제로미스는 갑자기 밀려드는 피로감을 느끼고는 그만 하던 생각을 중단할 수밖에 없었다.

'으…… 안 되는데, 원인을 알아야 해결을 하고 안식을 찾을 수 있는데, 안 돼!'

속으로 그렇게 외쳐 보지만 몰려드는 수면욕을 이기지는 못했다.

하긴 6시간이나 계속된 산통으로 산모도 고생을 했겠지만 갓난아기인 제로미스 역시 고생을 하였다.

더욱이 급격히 변한 외기와 태어나자마자 엉덩이에 전해진 충격은 그에게 큰 스트레스를 주었다.

그 때문에 아무리 위자드급의 정신력을 가진 그라도 지칠 수밖에 없었다.

이렇게 제로미스는 자신의 다시 아기로 태어나게 된 원인을 찾으려고 고민을 하다 잠이 들었다.

하지만 고민을 하다 잠이 든 제로미스를 보는 다른 사람들은 그가 고민을 하고 있는지 알지 못하고 그저 사랑스럽다는 듯이 쳐다볼 뿐이다.

사실 제로미스만큼 예쁘게 태어난 아기도 없었다.

제로미스가 잠이 든 후에도 몇몇 간호사들은 예쁜 아기를 카메라에 담아 자신의 SNS에 올리고 있었다.

3.
서프라이즈

아기가 된 제로미스의 일과는 매일 먹고, 자고, 싸고 하는 것밖에 없었다.

아무리 정신적으로야 대마도사의 정신을 가지고 있지만, 아직 태어난 지 얼마 되지 않은 아기라 그런지 그의 의사와 상관없이 육체가 작용을 하는 것이다.

사실 3클래스의 마법사만 되어도 자신의 몸은 물론, 신체장기를 의지로 통제가 가능하다.

정신력으로 마력을 운용하여 마나의 법칙을 일으키는 그들에게 그 정도는 사실 일도 아니다.

다만 그런 일을 할 필요가 없기 때문에 안 하는 것뿐이다.

아무튼 아기가 된 제로미스는 이렇게 하루의 일과를 보내고 있다.

물론 깨어 있을 때는 자신이 아기가 된 이유와, 현재 장소 등을 생각하는 게 일과 중 하나였다.

그런 제로미스가 깜짝 놀라는 사건이 벌어졌다.

그것은 바로 그가 드디어 눈을 뜨고 세상을 보게 된 것이다.

'저건 뭐지?'

제로미스의 눈에 가장 먼저 들어오는 것은 귀족가나 왕실의 아기가 태어났을 때 아기를 재우는 요람이 보였다.

마치 죄수를 가두는 감옥이나 동물을 넣어 두는 우리처럼 나무로 만들어진 작은 요람이 보였는데, 아마도 자신이 누워 있는 곳이 요람의 안인 것 같았다.

가장 먼저 들어온 요람의 모습을 확인한 그는 문득 이상한 것이 공중에 매달려 그의 눈을 어지럽히고 있는 것이 보였다.

'저건 또 뭐야!'

또다시 새로운 것이 그의 눈에 들어왔지만, 이것만은 조금 전 요람이란 것을 알아낸 것과 다르게 한 번도 보지 못한 것이다.

다만 공중에 매달려 흔들리는 모습을 보니 지루하지는

84

않았다.

'뭔지는 모르겠지만 심심하지는 않네.'

제로미스가 두 번째로 본 것은 다름이 아니라 모빌장난감이었다.

잠시 모빌장난감을 쳐다보던 제로미스 하지만 너무도 단조로운 움직임을 보이는 모빌에서 관심을 돌리고 다른 곳을 쳐다보았다.

그리고 아기인 그가 무언가를 보고 눈을 부릅떴다.

'헉!'

모빌에서 눈을 돌린 제로미스의 눈에 들어온 것은 천장에 붙어 있는 등이었다.

'저게 어떻게 빛을 내는 거지? 이곳에도 마법사가 있는 건가?'

분명 마나를 느낄 수 없다.

아니, 느낄 수는 있었다. 그렇지만 대기에 있는 마나의 농도가 너무도 희미해 잘 느껴지지가 않았다.

더욱이 희미하게 느껴지는 마나의 향기는 매캐하게 쏘는 독한 향기마저 섞여 그것을 몸속에 쌓고 싶은 생각이 들지 않았다.

그런데 지금 마나도 느껴지지 않는 이상한 물체에서 밝은 빛이 나오고 있는 것을 목격한 제로미스는 충격이 아닐 수가 없었다.

전등 불빛을 본 때문인지 제로미스의 눈은 초롱초롱하게 반짝이며 본격적으로 주변을 살피기 시작했다.

이케아 대륙에서는 한 번도 보지 못한 물건을 보자, 다른 것에도 호기심이 생긴 것이다.

자신이 있는 방 안에 있는 물건들을 보며 이케아 대륙 어디인지 알려고 했지만 한 번도 보지 못한 아티팩트를 발견하게 되자, 자신이 태어난 곳에 의문을 품었다.

'한 번도 본 적이 없는 아티팩트가 있는 것으로 보아 어쩌면 이케아 대륙이 아닐지도 모르겠구나!'

더욱이 자신의 주변 물품을 보면 하나같이 무척이나 고급스러운 물건들이었다.

로메로 왕국 궁정마법사로 있으면서도 이렇게 고급스런 물건들을 보지 못했다.

왕궁에 있다 보면 갖가지 고급스런 물건들을 보고 또 일부 품목은 왕실 가족이나 자신과 같이 왕실에 공역하는 사람들에게 하사품으로 내려졌다.

이렇게 왕실에서 쓰는 물건들을 사용해 본 적이 있는 제로미스는 지금 자신이 입고 있는 아기 옷만 봐도 알 수 있었다.

부드러우면서도 따뜻하고 또 뽀송뽀송한 옷감은 로메로

왕족도 사용하지 못했던 것이다.

그런데 이런 고급스런 물건을 사용하는 사람이라면 최소 제국의 공작이나 후작 이상일 것이라 예상을 했다.

하지만 지금 자신이 있는 방의 크기를 보면 결코 그런 고위 귀족의 집에 있는 방이라 보이지 않았다.

제로미스가 생각하기에 참 쓸모없는 허영심이라 생각하지만, 귀족들은 자신이 가지고 있는 집이나 물건의 크기에 관해 광적으로 집착을 했다.

큰 저택, 큰방 등이 자신의 권위를 나타내 준다고 믿었으니까.

그리고 그게 이케아 대륙의 상식이었다.

그에 비해 지금 있는 방을 보면 귀족 중 가장 낮은 직위인 남작의 집보다도 작았다.

그 때문에 현재 자신의 처지를 판단하기가 여간 힘든 것이 아니었다.

물건을 보면 최상위 귀족인 것 같은데, 자신의 방의 크기를 생각하면 최하위 귀족의 방보다도 작으니 알 수가 없었다.

그리고 이뿐만이 아니었다.

가끔 자신의 어머니로 여겨지는 여성의 품에 안겨 집 밖으로 나가는 느낌을 받을 때가 있었다.

비록 그때의 자신이 눈을 뜨고 있던 것이 아니기 때문에 정확하지는 않지만 방에서 집 밖으로 나가는 문까지의 거리가 그리 길지 않은 것으로 보였다.

제로미스가 이렇게 처음 눈을 뜨고 자신이 살고 있는 방의 정경을 보며 의문과 놀라움에 빠져 있을 때 그를 찾는 사람이 있었다.

◈　　　◈　　　◈

유치원을 갔다가 돌아온 수정은 거실에 있는 엄마에게 인사를 하고 얼른 가방을 내려놓고 동생이 자고 있는 방으로 뛰어갔다.

"다녀왔습니다."

쿵쾅쿵쾅!

유치원에서 돌아온 딸이 자신에게 인사만 하고 동생을 보러 가는 모습에 미영은 그런 딸의 뒤에 대고 소리쳤다.

"정수정! 너 엄마가 밖에 나갔다 오면 제일 먼저 뭐부터 하라고 했지?"

귀여운 동생을 보기 위해 뛰어가던 수정은 뒤에서 들리는 엄마의 말에 가던 길을 멈췄다.

엄마의 말을 듣지 않았다가는 어쩌면 동생을 보지 못할

지도 모른다는 생각에 얼른 화장실로 방향을 틀었다.

화장실에 들어간 수정은 손을 씻고 나와 엄마에게 말을 하고 다시 동생이 있는 방으로 향했다.

"엄마! 다 씻었어! 이제 수한이 보러 가도 되지?"

"그래, 수한이는 아직 갓난아기라 지저분한 손으로 만지면 아야 하니 언제나 밖에서 돌아오면 꼭 손을 씻어야 한다. 알았지?"

"네, 알았어요."

미영은 자신의 말에 손을 씻고 나온 딸에게 다시 한 번 작은 훈계를 하였다.

비록 5살밖에 되지 않은 딸이지만 이미 말귀를 알아듣고 조리 있게 자신의 생각을 말을 할 줄 아는 그녀의 딸은 심성도 고와 자신의 말에 잘 따라 주었다.

수정이 안방에서 낮잠을 자고 있는 수한을 보기 위해 방으로 들어가는 모습을 지켜보던 미영은 주방으로 들어가 수정의 간식을 준비했다.

그리고 수정의 간식을 준비하는 것과 함께 수한이 깼을 갈아 줄 기저귀도 준비를 하기 위해 쇼파에서 일어났다.

그런데 안방으로 갔던 수정의 목소리에 미영은 안방으로 뛰었다.

"엄마!"

"응, 무슨 일이야?"

"수한이! 수한이!"

딸의 새된 목소리에 미영은 얼른 안방으로 갔다.

그런데 안방에 도착한 미영은 할 말을 잊고 말았다.

귀여운 자신의 아기가 뭔가에 놀란 듯 눈을 크게 뜨고 있었다.

아직 눈을 뜰 시기가 아니다. 조금은 이른 일이지만 아기의 눈은 무척이나 깊고 맑았다.

"어머!"

아기의 초롱초롱한 눈망울에 미영은 자신도 모르게 감탄사를 하였다.

한편 간신히 고개를 돌려 주변을 살피던 제로미스는 주변을 살피다 커다란 소녀가 자신을 지켜보는 모습을 보고는 굳어 버렸다.

그 소녀는 자신과 눈을 마주치고는 뭐라고 큰소리를 질렀지만 그게 무슨 말인지는 못 알아들었다.

다만 누군가를 부르는 것 같은 느낌을 받았다.

'엄마, 하고 부른 것 같은데 그게 뭐지? 혹시 어머니를 뜻하는 단어일까? 그렇다면 그건 이케아 대륙의 공통어와 비슷한데 말이야.'

제로미스는 자신의 누나인 수정의 말이 이케아 대륙에서

쓰는 어머니를 부르는 단어와 비슷하다 생각했다.

물론 확신을 하지 못했다.

조금 전 살펴본 이 집의 물건들을 보면 하녀를 부르는 것일 수도 있었기 때문이다.

아니면 저 소녀가 하녀이고, 누군가를 부른 것일 수도 있는 일었다.

그래서 결론을 내리지 않고 생각을 유보하였다.

그런데 잠시 뒤 들어온 여인을 본 제로미스는 말은 하지 않았으나 경악을 했다.

조금 전 소녀를 보았을 때, 뭔가 위화감이 들기는 하였지만 너무 놀란 나머지 그것이 무엇인지 인지하지 못했다.

하지만 지금은 아니었다.

어떻게 인간이 검은 머리를 하고 있는 것인지 깜짝 놀랐다.

이케아 대륙에도 많은 머리색을 가진 인간이나 아인종들이 있다.

그렇지만 그 어떤 인종도 검은 머리는 없었다.

만약 검은 머리의 인간이 대륙에 돌아다녔다면 그 존재는 바로 폴리모프한 드래곤들뿐이었다.

그것도 저주받을 존재인 블랙 드래곤 말이다.

마법의 종주라고도 불리고 또 대륙의 마법이 그들에게서

시작이 되었다고 전해지기도 하는데, 대륙의 마법학회에서도 그 말에 어느 정도 수긍을 하고 있었다.

1만 년이란 지고의 시간을 살아가는 존재이자, 언제나 진리를 탐구하는 그들은 말 그대로 지고의 존재였다.

더욱이 그 엄청난 덩치를 하고도 하늘을 날고 입김 한 번이면 커다란 성도 날려 버린다.

뿐만 아니라 그들은 망각이란 것이 없어, 한 번 배운 것은 죽을 때까지 평생을 기억한다고 한다.

그들에게는 인간이나 다른 인종들이 나눠 놓은 클래스란 것이 무의미했다.

드래곤이 시전 하는 1클래스 마법이라도 인간의 6클래스보다 더 강력했다.

이렇다 보니 드래곤은 인간들이나 아인종들에게는 엄청 위험한 존재였다.

심심하다고 찾아와 도시에 마법을 사용한다면 어떻게 되겠는가?

그래서 인간이나 아인종들은 드래곤이 나타나면 낮은 자세로 어서 떠나기를 빌었다.

괜히 엄한 놈 옆에 있다가 날벼락이 떨어질지 모르는 일이기에 될 수 있으면 문제를 만들지 않으려 하였다.

일례로 한때 대륙을 통일하고 유일제국이라 불리던 이케

아 제국이 있었다.

그들은 대륙에 난립하던 나라를 통일하고, 또 그에 그치지 않은 채 종족이 나뉘어 싸우던 것을 멈추게 하였다.

물론 이케아 제국이 대륙을 통일하는 데 야사가 존재했다.

마법사들에게만 전해지는 이 이야기는, 다름 아니라 이케아 왕국이 제국이 되고 또 대륙을 통일할 수 있는 원동력에 드래곤의 도움이 절대적이었다는 것이다.

확실히 당시 이케아 제국에는 인간에게는 불가능이라고 알려진 8클래스 위자드가 존재했었다.

하지만 후대의 마법사들은 위자드로 알려진 그 마법사는 인간이 아니라 드래곤이라는 주장이었다.

처음에는 아인종도 거론이 되었지만 이케아 제국이 인간들의 왕국을 통일하고 아인종들과 전쟁을 하던 때에도 그 마법사는 제국을 위해 전장에서 싸웠기 때문에 아인종이라는 설은 설득력을 잃었다.

아무튼 인간의 한계인 6클래스를 2단계나 뛰어 넘은 존재이면서 아인종이 아닌 존재를 찾다 보니 가장 유력한 존재가 바로 드래곤인 것이다.

물론 인간일 수도 있었다.

하지만 마법사들은 순수한 인간이 위자드의 경지에 들어

갈 수 없다고 생각했다.

그리고 역사적으로 인간이 위자드의 경지를 넘었다는 기록도 없었다.

그저 아인종과 혼혈인 마법사들 중 일부가 7클래스의 대마도사가 되었다는 기록은 있었기에 순수 인간은 6클래스이고 아인종과 혼혈 중에서는 7클래스가 한계라고 생각하게 되었다.

이런 생각이 정설로 굳어지자 그때부터 마법사들의 연구가 활발하게 이루어지기 시작했다.

무엇 때문에 인간 마법사와 혼혈이 차이가 나고 또 아인종 마법사들의 경지가 이렇게 차이가 나는 것인지 말이다.

오랜 연구 끝에 나온 결론은 수명 그리고 마지막으로 욕망에 있었다.

평균 수명 40년의 인간과 수백 년에서 최대 2천 년까지 살 수 있는 아인종들이 마법을 수련해 마력을 쌓고 경지에 오르는 것이 차이날 수밖에 없다는 결론을 얻게 되었다.

물론 인간 마법사들은 수련한 마법의 영향으로 수녕이 늘어 60~100살까지도 살 수 있기 때문이다.

즉, 몸에 마력을 얼마나 많이 쌓을 수 있느냐에 따라 수명이 결정된다는 부수적인 결과도 얻을 수 있었다.

아무튼 그런데 평균 수명이 작게는 1/10밖에 되지 않는 인간이 어떻게 6클래스까지 마법을 익힐 수 있는지 알 수가 없었다.

그래서 나온 결론이 바로 인간이 가진 욕망을 들었다.

물론 욕망을 가진 존재는 인간만이 아니다.

욕망을 가진 존재로서는 인간 외에도 인간과 유사한 오크가 있고, 또 인간보다 뛰어난 손재주를 가진 드워프들이 있었다.

하지만 이 두 종족은 인간보다 마법 능력이 떨어졌다.

일단 오크는 인간만큼이나 엄청난 욕망을 가지고 있지만 정신이 저열하여 마법적 능력의 경지가 높지 못하고, 또 체계적이지 못하여 원시적인 마법 즉, 주술에 그치고 말았다.

물론 주술도 인간을 위협할 만큼 위험한 것이기는 하지만 경지에 들어선 마법사나 기사들을 어쩌지는 못한다.

그리고 인간과 유한점이 많지만 작은 키에 단단한 체구를 가진 드워프는 뛰어난 손재주를 가졌다.

그들이 가진 욕망은 그 손재주와 관련이 있는데, 이들을 부르는 다른 말로 신의 대장장이다.

그만큼 이들이 만든 물건은 신이 만든 것처럼 뛰어나 인간은 감히 흉내도 못 낼 정도의 명품을 만들었다.

이 때문에 드워프는 이케아 대륙에서 엘프 만큼이나 많은 탄압을 받았다.

엘프는 아름다운 그들의 외모 때문에 일부 탐욕스런 인간들에 의해 사냥이 되어 성노로 팔렸고, 드워프는 그 뛰어난 손재주를 탐한 귀족들에 의해 노예가 되었다.

아무튼 이렇게 아무리 대단한 존재도 8클래스가 한계라 알려졌는데, 드래곤만은 예외다.

그들의 1클래스 마법이 인간의 6클래스를 능간하다고 알려졌는데, 그런 드래곤들의 마법 중에서도 폴리모프 마법은 상당히 고위의 마법으로 분류가 되어 있다고 한다.

100m가 넘는 덩치를 가진 존재를 인간이나 다른 동물 또는 아인종으로 변신을 시켜 주는 마법이니 엄청난 마법이 분명하다.

그런 마법을 사용하는 드래곤들 중에서도 블랙 드래곤만이 검은 머리를 하고 다닌다고 한다.

그건 자신의 종족을 나타내는 색깔이 검정색이기 때문이란다.

아무튼 지금 제로미스의 눈에 블랙 드래곤으로 짐작되는 존재를 보게 되었다.

'설마 내가 블랙 드래곤의 아기가 된 것인가?'

제로미스는 자신의 상식에서 생각을 해보았다.

하지만 그건 아니란 것을 금방 깨달을 수 있었다.

그건 드래곤은 태어나면서 부모를 통해 엄청난 양의 마력을 물려받고, 태어나 몸에 엄청난 마력을 가지고 있다고 하였다.

그런데 자신은 현재 아무런 마력을 가지고 있지 않다.

마력이란 자연계에 퍼져 있는 마나를 생명체가 특별한 방법을 이용해 몸에 축적한 것을 말한다.

일부 마법사들이 마나와 마력을 혼동하는 경우가 있는데, 마나는 온 세상에 퍼져 있지만 자연 상태의 마나는 절대 마법이 되지 않는다.

마법은 의지를 담아 몸에 쌓아둔 마나 즉 마력을 마법진이나 스펠을 이용하여 법칙을 비튼 것을 말한다.

그런 고로 자신의 몸에 마력을 느낄 수 없는 것으로 보면 절대 드래곤은 아니다.

그럼 도대체 자신은 뭐란 말인가? 보이는 대로 인간인 것인가?

'검은 머리를 가진 인간이라…… 참으로 이곳은 놀랍고 또 알 수 없는 것이 많구나!'

제로미스는 자신이 태어난 곳은 참으로 놀라운 것이 많은 곳이라 생각을 하였다.

한편 제로미스가 놀란 눈으로 자신을 보고 있자 미영은

얼른 요람에서 제로미스를 안아 들었다.

"어이구 우리 아들 많이 놀랐어요?"

자신을 보며 눈을 초롱초롱하게 밝히는 아들의 모습에 뭐가 그리 좋은지 미영은 미소를 지으며 그렇게 말을 하였다.

"엄마! 나도, 나도!"

동생을 안는 모습을 본 수정이 자신도 동생을 안아 보겠다는 말을 하였다.

하지만 미영은 아직 어린 수정이 갓난아기인 동생을 안는 것은 위험하다고 말렸다.

"수정아, 아직 수정이도 어리고 또 수한이는 너무 아기라 아직은 조심을 해야 해서 안 돼요. 조금 더 수한이하고 수정이가 크면 그때 소원 들어줄게, 알았지?"

자신도 동생을 엄마처럼 안고 싶었지만 위험하다는 엄마의 말에 수정은 말없이 고개를 끄덕였다.

고개를 끄덕이는 수정의 눈에 진한 아쉬움이 가득했다.

미영도 그런 딸의 모습에 조금은 안타까운 마음이 들긴 하지만 안 되는 것은 안 되는 것이었다.

"대신 수한이 기저귀 갈게 수정이가 엄마 좀 도와줘야겠다."

미영은 시무룩하게 있는 딸의 모습에 얼른 부탁을 했다.

그런 엄마의 말에 금방 얼굴이 밝아진 수정은 요람 밑에 있는 서랍에서 기저귀와 물티슈 그리고 아기 분을 준비했다.

엄마가 하는 것을 지켜보았기에 그것들이 어디에 있는지 알고 있었기 때문에 준비하는 것은 무척이나 쉬웠다.

그런 수정의 모습에 미영은 속으로 안도했다.

사실 미영도 주변의 이야기를 듣고 걱정을 많이 했었다.

첫째 아이가 엄마가 둘째를 낳게 되면 자신에게 쏟아지던 관심이 동생에게 쏠리는 것에 질투를 하여 동생에게 해코지를 하는 경우가 있다는 소리를 들었기 때문이다.

실제로 산부인과에 정기점진을 받으러 가면 종종 그런 이야기를 들었고, 또 그 때문에 다쳐서 오는 아기를 몇 목격하기도 했다.

하지만 자신의 딸은 그렇지 않고 동생을 무척이나 아끼는 모습에 절로 기분이 좋아졌다.

미영은 아기 용품을 챙기는 수정을 말없이 안아 주었다.

"왜?"

그런 엄마의 모습이 이상했는지 수정은 자신을 뒤에서 안아 주는 엄마를 돌아보며 물었다.

"아니, 우리 수정이가 동생을 너무 잘 챙겨 주고 또 엄마를 도와주니 예뻐서."

"헤헤……."

수정은 엄마의 칭찬에 기분이 좋은지 눈이 활처럼 휘며 웃었다.

엄마의 품에 안겨 있던 아기 제로미스는 말로 형언할 수 없는 기분을 느꼈다.

한 번도 경험하지 못했던 기분이었다.

어떤 말로도 표현할 수 없는 따스함을 느낀 제로미스는 눈을 반개하며 알 수 없는 그 느낌을 음미했다.

이때 생각지도 못했던 일이 제로미스의 몸에서 일어났다.

형언할 수 없는 느낌에 눈이 반쯤 풀려 반개하며 느낌에 몸을 맡겼던 제로미스의 몸으로 따뜻하고 또 시원하고, 차가우면서도 뜨거운, 그러면서도 싱그러운 어떤 것이 몸 안으로 밀려들었다.

'어? 마나가, 마나가 몸으로 들어온다.'

갑자기 밀려드는 마나로 인해 제로미스는 깜짝 놀랐다.

자신이 그렇게나 느껴 보려고 할 때는 잘 느껴지지도 않고 또 너무도 혼탁해 몸에 받아들였다가는 바로 병이 날 것만 같았던 마나가 지금은 너무도 순수해 이케아 대륙 숲속에서 수련을 했을 때 보다 더 순수한 마나가 몸속으로 밀려 들어온 것이다.

그러니 깜짝 놀라지 않을 수가 없었다.

'아, 너무도 좋다.'

밀려드는 순수한 마나의 느낌에 제로미스는 너무도 기분이 좋았다.

지금의 느껴지는 마나의 순수함은 제로미스가 5클래스에서 6클래스로 한계를 넘어갔을 때 느꼈던 마나보다도 더 순수했다.

그래서 그런지 지금 제로미스는 한순간 찾아온 마나의 향에 취해 정신을 차릴 수가 없었다.

그런 제로미스는 뭐가 그리 기분이 좋은지 자신도 꺄르륵 거리고 그런 아기의 옹알이를 처음 들은 미영과 수정도 기분이 무척이나 좋아졌다.

"에구, 우리 왕자님이 뭐가 그리 기분이 좋아서 이렇게 웃고 있을고?"

한참 태어나서 처음으로 느낀 순수한 마나의 향에 취해 정신을 놓았던 제로미스는 미영의 목소리에 정신을 차렸다.

'이런 내가 마나의 향에 취해 정신을 놓고 있었구나! 그런데 방금 이 여인이 하는 소리는 무엇을 뜻하는 것이지? 뜻을 모르니 참으로 답답하구나!'

제로미스는 정말이지 무척이나 답답했다.

주변에 보이는 것은 처음 보는 것들뿐. 마력은 느껴지지 않는데 어떻게 불을 밝히고 있는 것인지, 너무도 혼탁해 느껴지지도 않던 마나가 어떻게 자신의 몸에 들어온 것인지도 궁금해 미칠 지경이었다.

그리고 그중에서 가장 궁금한 것은 현재 자신의 처지였다.

'설마 흑마법사의 저주는 아니겠지?'

자신이 아기가 된 것과 또 알 수 없는 곳에 있는 것이 혹시나 흑마법사의 저주는 아닌지 걱정이 되었다.

이케아 대륙에서 흑마법이나 네크로멘시가 불법은 아니다.

다만 행위가 인간—귀족—에게 위해가 되었는가, 아닌가로 판단을 할 뿐이다.

"다녀왔소!"

외무부 사무관인 정명수는 업무가 끝나기 무섭게 집으로 향했다.

오늘은 부서 회식이 있긴 했지만 가정 형편을 이유로 빠졌다.

물론 보통이라면 이런 부서 회식에 빠진다는 것은 사회

생활에 불리해질 수 있지만 얼마 전 둘째를 본 그의 처지를 이해해 주었기 때문에 회식자리를 빠질 수 있었다.

국가직 공무원이기에 정부시책에 따라 육아 휴직을 신청할 수도 있었지만 정명수는 그렇게까지 하지는 않았다.

부서가 무척이나 바쁜 시기이기에 육아 휴직도 신청하지 않고 있다는 사실을 알고 있기에 직장 동료들의 의식이 나빠질 리는 없었다.

오히려 언제 조카를 보여 줄 것이냐고 물을 정도였다.

이미 그의 아들 사진이 SNS를 통해 한 번 공개가 되면서 이슈를 일으켰던 것을 알고 직접 얼마나 예쁜지 자신들이 판결을 해 주겠다나 뭐라나. 아무튼 정명수는 회식을 빠지면서도 손에 푸짐한 선물을 가지고 집으로 들어왔다.

한편 집으로 들어오는 남편의 모습에 미영은 아기를 보고 있다가 고개를 돌려 남편을 맞았다.

"다녀오셨어요."

"아빠! 다녀오셨어요."

수정도 엄마와 함께 동생을 보고 있다 아빠가 들어오는 것을 듣고 얼른 일어나 인사를 하였다.

그런 딸의 모습에 뭐가 그리 기분이 좋은지 정명수는 얼른 딸의 곁으로 다가가 안아 올리려 하였다.

하지만 딸에게서 들려온 목소리에 행동을 멈춰야 했다.

"아빠! 밖에서 들어오면 제일 먼저 손을 씻어야지!"

"헐!"

"호호호."

딸의 갑작스런 말에 정명수는 하던 행동을 멈추고 동상이 되고 말았다.

그런 딸과 남편의 모습에 미영은 기분 좋은 목소리로 웃었다.

한편 잠깐 잠이 들었던 제로미스는 정명수가 집으로 들어오면서 지른 소리에 잠에서 깼다.

그리고 잠고개를 돌려 그곳을 보려고 하였다.

제로미스는 아까 낮에 방에서 깨면서 주변을 살피고 또 누나와 엄마를 알게 되었다.

처음엔 이들이 누구인지 정확하게 알 수가 없었지만 이 집에 자신을 제외하고 두 여인들 뿐이란 것을 확인한 것이다.

분위기상 두 사람이 모녀 관계란 것과, 또 이들이 자신의 엄마와 누이라는 것을 깨달았다.

그런데 지금 새로운 인물이 등장했다.

그리고 말소리에서 지금 등장한 남자가 이 집의 가장, 즉 자신의 아버지란 것도 알았다.

'아, 지금 들어오신 분이 내 아버지구나!'

비록 자신이 정확하게 어떻게 해서 아기가 된 것인지는

GREAT
그레이트 브라아
KOREA

모르지만 지금까지 겪은 것을 종합해 보면 자신은 아기가 된 것이 아닌, 새로 태어난 것이다.

즉 마법이나 저주가 아닌 정말로 갓난아이가 되었다.

어떻게 해서 이런 일이 벌어지게 된 것인지 모르겠지만 현재 자신은 죽었다 다시 태어난 것인지도 몰랐다.

더욱이 자신의 주변을 보면 모두 모르는 것뿐이다.

물론 간간히 자신도 어떤 쓰임을 하는 물건인지 알 수 있는 것도 있기는 하지만 거의 대부분은 한 번도 본 적도 없었고, 또 어떤 용도의 것인지도 모르는 것들뿐이었다.

환생이란 개념이 없는 이케아 대륙이었기에 제로미스가 알 수는 없었다.

하나 어떤 이유에서인지 자신은 당시 왕궁 지하에 있는 마법진을 가동시키던 중 배신자들을 막기 위해 억지로 마법을 상용했고, 또 그 과정에서 마법진이 손상을 입어 모두 죽을 위기에 처했었다.

하지만 자신의 마력은 물론이고 생명력까지 모두 마법진에 사용하여 억지로 마법진을 안정시키고 마법을 사용했다.

아마 자신은 인지하지 못하지만 그 과정에서 죽었다.

한동안 평안한 시기를 어느 정도 지내다 엄청난 압박에 깨어났다.

모든 과정이 생생히 기억이 나는 제로미스는 자신은 저주로 아기가 된 것이 아니라 어머니 뱃속에서 잉태되어 이 세상에 태어나게 되었다.

자신이 느끼기에 이 세계는 자신이 마법사로 활동하던 이케아 대륙은 아닐 것이란 생각이 들었다.

아티팩트도 아니면서 그와 비슷한 성능을 지닌 물건들이 즐비한 것으로 봐서는 상당한 경지의 마법사들이 활동을 하는 것으로도 보였다.

아니, 어쩌면 전설에 나오는 마도시대나 용들의 시대가 아닐까, 하는 생각마저 해 보았다.

하지만 그건 아니라 생각이 들면서도 모든 것이 확신을 하지 못하는 것들뿐이라 일단은 그런 결론을 내리는 것은 유보하고 일단 이곳의 언어와 문자를 배워야겠다는 생각을 하였다.

'답답하니 일단 말과 글을 배워야겠다.'

제로미스는 그런 결심을 하고는 우선 글보다는 말이 우선이라 생각하고 이곳의 말을 익히기 위해 귀를 열었다.

주변에서 들리는 소리는 모든 것을 분석하여 익히려는 것이다.

비교와 분석만이 언어를 익히는 데 정도.

많이 듣고 그 뜻을 분석하다 보면 언젠가는 모든 소리를 알아들을 수 있을 것이다.

그때가 되면 자신이 현재 처한 상황을 알 수 있을 뿐 아니라 이 상황을 타파할 방법도 생길 것이라 믿었다.

하지만 그런 마음 한편으로 한 번도 경험하지 못했던 따스한 관심에 이런 상황을 잃고 싶지 않은 마음도 있었다.

그렇게 하루를 마감하는 듯했지만 오늘 눈을 뜨고 세상을 보기 시작한 제로미스에게 놀랄 일은 이것으로 끝난 것이 아니었다.

◈　　◈　　◈

제로미스의 가족은 아빠, 엄마, 누가 그리고 제로미스까지 모두 4명이 다였다.

제로미스는 가족이 너무도 적은 것에 조금 의아한 생각이 들었다.

분명 살고 있는 것으로 봐서는 귀족이 분명해 보였다.

처음 생각하기에 생소하지만 고급스러운 물건들로 인해 최고위 귀족이나 왕족으로 생각을 했지만 방이나 거실의 크기를 봐서는 고위 귀족은 아닌 것으로 결론을 내렸다.

아닌 말로 고위 귀족이라면 이렇게 작은 집이나 방을 가지고 있지는 않을 것이기 때문이다.

물론 고급스런 별장을 가지고 있을 수는 있다.

하지만 별장치고는 너무도 화려하지만, 크기가 작아 파티조차 치를 수 없기에 하위 귀족 정도 될 것 같았다.

설마 하위 귀족도 아닌 기사나 준남작 정도가 이런 아티팩트가 많은 집을 수유할 수는 없을 것이라 판단했기 때문이다.

그런데 그 생각도 조금 전부터 흔들리고 있었다.

'어떻게 된 것이지? 왜 집사나 하녀들의 모습이 보이지 않지?'

그렇다 귀족 집안이면 집사와 하녀들이 있는 것이 당연했다.

그런데 조금 전 일을 하던 하녀가 한 명 있었는데, 어느 순간 보이지 않았다.

자신의 어머니로 보이는 여인에게 인사를 하고 밖으로 나간 뒤 돌아오지 않고 있었다.

설마 자신이 태어난 집안이 망한 것인가란 생각을 잠시 해 봤다.

하지만 분위기를 봐선 그것도 아닌 것 같았다.

망한 집안의 분위기가 이렇게나 화기애애할 수는 없기 때문이다.

이런 생각을 하다 잠이 얼핏 들었다가 무슨 소리에 잠을 깬 제로니스, 그는 눈을 뜨고 자신의 아버지기 무언가를 쳐다보는 것에 자신도 그것이 무언지 궁금해 쳐다보았다.

아직 아기의 몸이다 보니 몸이 잘 돌아가지 않아 여간 힘든 것이 아니다.

'이이, 에잇!'

누군가 그 모습을 보았다면 아기가 몸을 뒤집지 못해 바둥거리는 모습을 보았다면 그 사랑스런 모습에 정신을 빼앗기고 말았을 것이다.

한편 한참 뉴스를 보고 있던 정명수는 갑자기 이상한 느낌을 받았다.

무언가 열의에 찬 어떤 것이 자신의 주변의 공기를 달구고 있는 느낌을 받은 것이다.

이상한 느낌에 고개를 돌리던 정명수, 그는 고개를 돌리고 본 믿기 힘든 장면에 그만 경악하고 말았다.

'이제 겨우 눈을 뜬 갓난아기가 몸을 뒤집으려고 하다니 이게 말이나 되는 일이야?'

정말 말도 되지 않는 행동을 하고 있는 자신의 아들을 보며 정명수는 기가 막혔다.

'설마 천재인가?'

아기 부모는 누가 그랬던가, 자신의 아기가 천재가 아닐까 하는 생각을 하게 된다고.

하지만 정명수는 정말로 자신의 아들이 천재일지도 모른다는 생각을 하게 되었다.

이맘때 아기들은 아직 주변의 사물을 분간하지 못한다고 하는데, 자신의 아들은 오늘 눈을 떴으면서도 눈에 초점을 갖추고 있으며, 주변 사물을 관찰하는 모습이 그 나이 또래의 아기들 보다 더 지난 아기를 보는 느낌을 받았다.

솔직히 그의 집안도 천재나 준재들이 꽤 많은 집안이다.

비록 아버지와 뜻이 맞지 않아 의절하고 있지만 그의 형제들과는 가끔 연락은 하고 있었다.

자신의 직업이 직업이다 보니 그들과 연관이 있었기 때문이다.

아무튼 지금도 그렇다 지금의 아기들은 자신의 팔다리도 감당하지 못해 바둥거리는 것이 전부인데, 현재 자신의 다들은 태어난 지 일주일도 안 된 아기가 벌써 뒤집기를 하려고 하고 있으니 이런 생각을 하지 않을 수가 없었다.

"여보! 미영아! 잠시 와서 수한 좀 봐봐!"

놀라운 광경을 자신만 보고 넘길 수가 없어 자신도 모르게 아내 미영을 불렀다.

"무슨 일인데 그래요?"

미영은 주방에서 간식을 준비하던 중에 남편이 부르는 소리에 거실로 나갔다.

그리고 그녀의 눈에 보이는 아들의 모습에 할 말을 잊었다.

너무도 사랑스럽고 귀여운 아들이 몸을 뒤집기 위해 바둥거리는 모습이 너무도 귀여웠기 때문이다.

하지만 그런 모습을 계속 지켜볼 수는 없었다.

아직 뼈와 근육이 굳지 않아 저대로 두었다가는 사단이 벌어질 것이 빤했기 때문이다.

"어이구, 우리 아들 뭐가 그리 급해서 벌써 그렇게 뒤집기를 하려는 거야?"

미영은 얼른 아들의 곁으로 다가가 번쩍 안아서 몸을 빙그르르 돌리면 아들에게 주변 풍경을 보여 주었다.

그리고 어느 순간 무엇을 보았는지 아들이 큰소리로 감탄성을 지르는 것을 듣게 되었다.

"아아아아!"

미영은 아들이 무엇을 보고 놀라 소리를 지르는 것인지 살펴보았다.

"여보, 설마 수한이가 TV를 보고 소리를 지르는 것이에요?"

미영은 설마 아들이 TV를 보고 놀란 것인지 확인을 하고 싶은 생각에 무의식적으로 남편에게 물었다.

그리고 정명수 또한 아들이 TV화면에 시선이 고정된

채 떨어지지 않고 있는 모습에 자신도 모르게 고개를 끄덕였다.

"아무래도 그런 것 같은데?"

미영이나 정명수 두 사람은 이 믿기지 않는 장면을 목격하고 어떻게 판단해야 할지 갈피를 잡을 수 없었다.

이렇게 자신의 부모님이 자신에 대해 생각을 하고 있을 때, 제로니스는 TV화면에서 눈을 떼지 못하고 있었다.

'어, 어떻게 저기에 사람이 들어 있을 수 있지? 저기서 말하는 사람이 마법사인가? 설마 이곳은 수정을 평면으로 만드는 기술이 있는 것인가?'

현재 제로니스는 거실에 있는 평면TV를 보며 깜짝 놀랐다.

마력이 느껴지지 않았는데, 네모난 수정에서 영상이 나오고 있었기 때문이다.

이케아 대륙에서도 마법사들 간에 마법통신을 하기 위해 수정 구슬을 이용해 먼 거리에 있는 마법사들끼리 통화를 한다.

하지만 저렇게 큰 수정 구슬도 없을뿐더러 만들 수 있는 기술도 없었다.

그런데 구(球) 모양도 아니고 평면으로 가공을 했는지 그 기술력에 놀랐다.

뿐만 아니라 이 집에 있는 다른 아티팩트도 그랬지만, 지금 저 수정 구슬도 마력이 느껴지지 않고 있었다.

'도대체 이곳의 마법 수준이 얼마나 대단하기에 마력이 하나도 느껴지지 않을 정도인데 저렇게 선명하게 영상을 보낼 수 있는 것이지?'

비록 아기의 몸으로 태어나면서 마력은 잃었지만 그 경지만은 7클래스를 넘어 8클래스의 깨달음을 가지고 있는 자신이었다.

그런데 그런 자신이 느끼지도 못할 정도로 마력을 아주 미량을 소모해 마법 영상을 전송하는 저 마법사의 경지가 너무도 놀라웠다.

하나를 보면 열을 안다고 하였다.

지금 자신이 태어난 이곳은 마법 수준이 자신이 있던 이케아 대륙의 수준을 한참을 능가하고 있는 것은 아닌가 하는 생각마저 들었다.

물론 이건 전적으로 제로니스의 착각이었다.

모든 것을 마법과 연관을 지어 판단을 하려다 보니 이런 오류가 생긴 것이다.

자신이 태어난 이곳이 사실은 마법이 없는 세계란 것을 알면 어떤 표정이 될지 사뭇 궁금해진다.

4.
영재 테스트

아기로 다시 태어난 제로미스 아니, 이제는 새로운 삶을 살고 있으니 그의 이름은 이제 제로미스가 아니라 정수한 이다.

제로미스가 정수한로 살기로 결심을 한 것은 눈을 뜨고 그리 오랜 시간이 흐르지 않았다.

처음에는 너무도 생소한 낯선 환경 때문에 갈피를 잡지 못했지만 자신이 태어난 곳의 언어를 익히고 또 문자를 익히면서 자신이 환생이란 것을 하게 되었다는 것을 깨닫고 그때부터 그런 결심을 하게 되었다.

사실 이 환생이란 개념을 받아들이기까지 참으로 많은 생각을 했다.

이케아 대륙에 없는 개념을 받아들이는 것이 처음에는 거부감이 들었다.

다만 환생을 설명을 할 때 나오던 업(業)이라고도 하고 또 카르마라고도 하는 것의 작용으로 인간이 다음 생에 짐 승이나 미물이 될 수도 있고 또 인간이나 아니면 더 상위 의 존재로 태어날 수가 있다는 말에 머릿속에 있는 어떤 벽이 깨지는 듯한 깨달음을 얻었다.

이 깨달음은 마법의 클래스를 넘는 깨달음과는 뭔가 달 랐는데, 제로미스는 이때부터 자신이 이 세계에 태어난 것 이 결코 흑마법이나 네크로멘시의 저주가 아닌 환생이란 것을 믿게 되었다.

다만 환생에 대한 설명에 나오는 전생의 기억을 잃어야 하는 부분에서 아마도 그때 나오던 삼도천이란 것을 건너 지 않고 마법진의 영향으로 바로 이 세계로 넘어와 그런 것인지, 아니면 그때 마법진이 어떤 작용을 하였는지는 확 실하지 않지만 어찌 되었든 자신은 환생한 것이란 사실을 알게 되었다.

자신이 환생을 했다는 것을 알게 된 뒤로 많은 것들을 이 세계에 대하여 공부를 했는데, 이런 때에 적당한 단어 가 있었다.

이런 말이 맞는지 모르겠지만 새 술은 새 부대에 담으라는 말이 있다.

비록 맞는 비유인지는 모르겠지만 환생을 하였으니 과거 제로미스로서의 삶은 잊고 새로이 정수한로서의 삶을 살아야만 했다.

분명 자신은 마지막 순간 하이엘프나 드래곤이 설치한 것으로 짐작되는 마법진을 연구하고 또 목숨을 걸고 깨달은 것을 통해 8클래스에 발을 들였다.

이 때문에 정수한는 비록 환생을 하였지만 계속해서 마법사로서 끝을 보고 싶었다.

더욱이 살펴보니 이 세계의 철학은 이케아 대륙의 것보다 체계적이고 더 깊었다.

그런데 수한이 가장 놀랐던 것은 이 세계에도 종교가 있고 또 신학이라는 것이 있긴 하지만 신이 실재하지 않는다는 사실이었다.

어떻게 그럴 수 있는지 그로써는 짐작할 수도 없는 일이었다.

이케아 대륙에는 실재로 신이 계시를 하고 때로는 아바타를 이용해 현신하기도 하여 자신의 존재를 알린다.

그렇기에 대륙에 사는 지성이 있는 존재들은 신을 믿었다.

하지만 이곳은 어떤가? 이 세계에 있는 종교에 나오는

신들은 절대로 그 어떤 간섭을 하지 않았다.

그런데도 이 세계의 종교인들은 이케아 대륙에 있던 종교인들에 못지않게 광적이었다.

아무튼 정수한로서 새 삶을 살기로 한 그는 오늘도 I.봇을 보며 이 세계의 정보를 탐닉하고 있었다.

탁! 탁! 뽀복! 뽁뽁!

앙증맞고 귀여운 아기가 자신의 키만큼이나 큰 어떤 물건을 만지며 놀고 있었다.

누를 때마다 뽁뽁 소리를 내는 그것은 아동용 컴퓨터 I.봇이었다.

I.봇은 아동용 완구 업체인 제로 실업에서 만든 교육용 컴퓨터로 장난감과 소형 컴퓨터를 결합한 상품이다.

비록 소형이긴 하지만 무선 인터넷도 되며 인터넷으로 교육용 프로그램을 다운받아 사용할 수도 있으면 인터넷전화도 가능했다.

사실 수한이 가지고 놀고 있는 I.봇은 그의 누나인 수정의 것이다.

하지만 동생을 끔찍이 아끼는 수정은 수한이 자신의 I.봇에 관심을 가지자 그것을 양보하였다.

사실 처음부터 수한이가 누나의 I.봇에 관심을 보였던 것은 아니었다.

◆　　　◆　　　◆

　수한이 태어난 지도 어느덧 1개월이 지나갔다.

　수한는 처음 이 세계를 눈으로 담은 뒤로 호기심이 왕성
해졌다.

　모든 것이 생소할 뿐 아니라 자신이 아기가 된 연유를
알기 위해 어떻게든 이 세계에 관해 알아야만 했다.

　그래서 생각한 것이 언어를 익히는 것이었다.

　언어를 익히기 위해 생리적으로 감당하지 못하는 수면
시간을 제외한 모든 시간을 말을 익히는 데 힘썼다.

　부모님들이 주고받는 말에서부터 자신의 누나로 짐작되
는 소녀가 자신을 보며 하는 이야기 등을 들으며 모든 것
을 머릿속에 집어넣었다.

　아기가 접하는 사람의 수는 한정적이다.

　그렇지만 수한는 제한적인 상황 속에서 최대한 많은 단
어를 익히기 위해 노력을 하였고, 장장 1개월 만에 말을
알아들을 수 있게 되었다.

　다만 알아들을 수는 있지만 아직까지 아기의 한계를 극
복하지 못해 신체의 근육을 자신이 통제하지 못한다는 것
이다.

그 때문에 말도 아기의 옹알이에서 벗어나지 못했다.

오늘도 어딘가를 다녀온 누나가 자신을 보며 놀아 주고 있었다.

"수한아! 오늘 내가 유치원에서 노래하고 율동을 배웠는데, 선생님이 잘한다고 칭찬해 주셨어."

수정은 오늘 유치원에서 있었던 일을 하나도 빠짐없이 수한에게 들려주고 있었다.

유치원에서 선생님에게 칭찬 받을 것을 자랑을 하려는 것인지 아니면 하루 종일 요람에 누워 있었을 동생이 심심했을까 봐 놀아 주려는 것인지는 모르겠지만, 하루도 빠짐없이 오늘도 수정은 동생 수한에게 오늘 있었던 일을 이야기 해 주었다.

한참 그렇게 떠들고 있을 때 저 멀리서 엄마의 목소리가 들렸다.

"정수정! 오늘 숙제해야지!"

주방에서 저녁 준비를 하던 미영이 유치원을 갔다 와서 아직도 동생 곁에서 떨어지지 않고 있는 것을 보자 그렇게 소리친 것이다.

"네, 알았어요."

수정은 동생과 조금 더 있고 싶었지만 약속은 약속이었다.

유치원에 갔다 오면 가장 먼저 손발을 씻고, 가방을 챙기고 동생과 잠시 놀다가 숙제를 하는 것이다.

물론 숙제라고 해서 대단한 것은 아니었다.

인터넷을 이용해 유치원에서 배운 것을 복습하는 것뿐이었다.

이미 1년 전부터 엄마와 하던 것이라 이제는 혼자서도 잘 찾아가 숙제를 할 수 있었다.

"수한아, 누나는 숙제하고 또 놀아 줄게!"

자신을 쳐다보는 동생에게 그렇게 이야기를 하고는 거실 한쪽에 있는 아동용 컴퓨터로 향했다.

마치 로봇 장난감처럼 생긴 그것은 수정이 자신의 곁에 있는 리모컨 수위치를 누르자 삐삐 소리를 내며 수정의 곁으로 다가왔다.

I.봇이란 이름의 이 아동용 컴퓨터는 많은 기능이 있는데, 작지만 인터넷 기능도 충실히 실행이 되었다.

삑! 삑! 타탁!

조그만 손으로 아이들 손에 맞게 작은 키보드를 조작해 숙제를 하였다.

한편 자신에게 뭔가 이야기를 들려주던 누나가 이상한 장난감을 가져와 뭔가를 하는 모습이 신기했다.

그동안 한 번도 수한은 그런 것을 보지 못했다.

'골렘인가?'

수한이 생각하기에 I.봇은 골렘과 비슷하게 생겼다.

비록 작기는 하지만 인간의 형상을 하고 있으며 가끔 말소리도 들렸기 때문이다.

자세히 보지 못했기에 수한은 골렘으로 보이는 이상한 것에 다가가 자세히 보기로 했다.

그런데 가까이 다가가 자세히 살피니 더욱 알 수가 없었다.

"어어, 뭐야!"

골렘의 얼굴에 해당하는 부분에 작은 수정판이 있었는데 이 수정판에 여러 가지 불빛이 보이고 알 수 없는 문자도 보였다.

뿐만 아니라 그 안에 인간의 모습이 보이는데, 춤을 추고 노래를 부르는 모습이 보였다.

그 모습에 너무 놀라 자신도 모르게 소리를 질렀는데, 수한의 입에서 나온 말은 지금까지의 옹알이가 아니라 알아들을 수 있을 정도의 언어였다.

한편 숙제를 하던 수정은 동생이 자신의 곁으로 기어 오는 것을 느꼈다.

하지만 일단 숙제를 끝내고 동생과 놀기로 결심을 하였기에 동생과 놀고 싶은 마음을 참고 I.봇에 시선을 주었다.

하지만 곁으로 다가온 동생의 말소리에 자신도 모르게 시선을 돌렸다.

"엄마!"

동생이 한 말소리에 자신도 모르게 엄마를 불렀다.

주방에서 저녁 준비를 하던 미영은 갑작스런 수정의 목소리에 무슨 일인지 놀라 주방에서 나왔다.

자신을 부르는 딸의 목소리에서 놀란 느낌이 여실히 느껴졌기 때문이다.

엄마의 관심은 모두 자식들에게 쏠려 있어 그런지 짧은 단어에서도 자식의 감정을 읽을 수 있었다.

딸의 부름에 거실로 나온 미영 그런 미영을 부른 수정은 눈을 동그랗게 뜨며 동생을 불렀다.

"수한아, 조금 전에 뭐라고 했어?"

수정이 수한을 보며 뭔가 물어보는 듯했지만, 아직 태어난 지 1개월밖에 되지 않는 아기에게 질문을 하는 수정의 모습에 어이가 없었다. 일단 자신을 부른 이유를 알기 위해 딸을 불렀다.

"정수정, 무슨 일이야? 무엇 때문에 엄마를 부른 거니?"

엄마의 물음에 수정은 엄마를 보며 말을 했다.

"응, 조금 전 수한이가 말을 했어!"

"뭐? 수한이가 말을 했다고?"

"응, 내가 숙제를 하고 있는데, 수한이가 내 옆으로 와서 뭐라고 말을 했어!"

미영은 딸의 소리에 피식하고 웃고 말았다.

비록 모든 엄마들이 자식이 천재였으면 하는 바람이 있기는 하지만 이제 겨우 1개월 된 아기가 말을 한다면 아무도 믿지 않을 것이다.

이는 천재를 넘어서 금세기 최고라 해도 그건 불가능이라 생각했다.

비록 신체 발달이 다른 아기들에 비해 빠른 편이기는 하지만 설마 이제 겨우 1개월 된 아기가 말을 한다니 믿을 수가 없었다.

"우리 수정이가 동생과 어서 빨리 이야기를 하고 싶은가 보구나?"

미영은 말도 안 된다고 하기보다 수정이 기죽지 않게 달랬다.

하지만 또렷하게 동생이 한 말을 들은 수정은 아니라는 듯 단호하게 말을 했다.

"아니야! 수한이가 조금 전에 뭐야, 라고 말을 했단 말이야!"

자신의 말을 믿으려 하지 않자 억울한지 수정은 눈에 눈물이 맺혔다.

"수한이 뭐야, 라고 말했단 말이야!"

한편 자신 때문에 누나가 울려는 듯 눈에 눈물이 고이는 모습을 본 수한은 당황했다.

'하, 이거…… 나 때문에. 조금 더 조심을 했어야 하는데 너무 놀란 나머지 실수를 했군.'

수한은 자신이 큰 실수를 했다고 생각을 했다.

그동안 이곳의 말을 익히고 조심을 했는데, 그만 실수를 하고 말았다.

이미 죽기 전 7클래스 마도사에 8클래스의 깨달음까지 가졌던 존재.

그런 자신이 그만 평정을 잃고 놀란 나머지 실수를 했다.

자신의 실수로 가정에 문제가 될 수도 있는 이 일을 해결하기 위해선 어쩔 수 없이 그동안 숨기고 있던 능력의 일부를 보여야 할 필요를 느꼈다.

괜히 자신 때문에 누나를 거짓말쟁이로 만들 수는 없는 문제이지 않은가?

"엄마."

수한은 고개를 돌려 미영을 보며 엄마라는 말을 하였다.

그런 수한의 행동에 울려고 하는 수정을 보던 미영은 눈을 크게 떴다.

"어머, 어머! 우리 수한이 지금 엄마라 했니? 다시 한 번만 엄마 하고 불러 보렴!"

미영은 처음 듣는 아들의 엄마라는 말에 가슴이 벅차오르며 다시 한 번 그 말을 듣고 싶었다.

수정이 갓난아기일 때 들어 보았지만 그때하고는 또 다른 감동이 가슴속 깊이 밀려들고 있었다.

그래서 그런지 지금 감정을 주체하지 못하고 그렇게 아기인 수한을 번쩍 들고 그렇게 요구를 하였다.

자신의 부름에 감동을 하는 듯한 엄마의 모습에 수한은 미영의 요구대로 다시 한 번 엄마라는 단어를 입 밖에 내었다.

"엄마, 누나 울어!"

엄마라는 단어 외에도 수한은 수정이 울 듯한 모습에 그렇게 몇 단어를 더 붙여 말을 하였다.

그런 수한의 모습에 조금 전까지 울 것 같던 수정이 눈물을 훔치며 입가에 미소를 지었다.

사랑하는 동생이 자신이 울려 했던 것을 알고 말을 했기 때문이다.

"나 안 울어!"

너무도 듣고 싶은 엄마라는 단어를 또 듣게 된 미영은 이대로 있을 수가 없었다.

아직 퇴근하려면 시간이 조금 남았지만 남편에게도 이 소식을 전하고 싶었기 때문이다.

"여보! 우리 수한이가! 수한이가!"

감정에 북받친 미영은 남편에게 전화를 하였지만 제대로 말을 할 수가 없었다.

—미영아, 무슨 일이야? 설마 우리 아들에게 무슨 일이라도 생긴 거야?

미영이 말을 하지 못하자 수화기 너머에서 남편인 정명수가 떨리는 목소리로 물었다.

하지만 미영은 아직도 조금 전 상황에 감정을 추스르지 못하여 말을 잇지 못했다.

그런 미영의 모습에 옆에서 보고 있던 수정이 대신 말을 하였다.

"아빠! 그런 게 아니라 조금 전 수한이가 말을 했어."

—뭐?

정명수는 미영 대신 수정이 말을 하자 그 뜻을 이해하지 못했다.

—수정아, 방금 뭐라고 한 거니?

알아듣지 못했기에 다시 한 번 물었다.

그런 아빠의 물음에 수정은 다시 한 번 착실하게 또박또박 대답을 했다.

"응, 조금 전에 수한이가 내가 유치원 숙제하고 있을 때 옆에 와서 뭐야! 라고 말을 했고, 그것을 내가 엄마에게 말을 하니까 엄마가 내 말을 믿지 않았어. 그래서 내가 울려고 하니까 수한이가 엄마! 하고 엄마를 불렀다. 그리고 또 내가 운다고도 했어."

딸의 말을 듣고 있던 정명수는 그 말이 잘 이해가 가지는 않았지만 대충은 알아들었다.

아직 5살이라 상황에 대하여 조리 있게 설명을 하지는 못하지만 정황은 대충 설명을 한 딸의 말에 명수는 자신도 모르게 가슴이 벅찼다.

아직 아기가 말이 트려면 멀었다.

그런데 자신의 아들이 벌써 말을 한다고 하니 놀라지 않을 수가 없었다.

물론 아기들에 따라 조금 일찍 말이 트이는 아기도 있고 또 늦게 트이는 아기도 있다.

하지만 자신의 아들처럼 생후 1개월 만에 말을 시작한 아기는 들어 본 적이 없었다.

―아빠 곧 집에 도착하니 조금만 기다려!

명수는 급한 마음에 그렇게 말을 하고 전화를 끊었다.

"알았어! 아빠, 아빠 빨리 와!"

명수는 전화를 끊고 차의 액셀을 힘껏 밟았다.

한편 통화를 마친 수정은 엄마를 보며 말을 했다.

"아빠 곧 온데!"

"응, 그래. 엄마도 들었어."

딸에게 말을 하며 미영은 품에 있는 갓난아기인 아들을 쳐다보았다.

조금 전 저 조그만 입술로 자신을 부르는 것이 너무도 사랑스러웠다.

"우리 수한이 언제 이렇게 말을 배웠을까?"

한편 자신으로 인해 잠깐 소란이 일기는 했지만 모두 기분들이 좋아 보여 다행이라 생각했다.

'휴, 다행이다. 에휴…… 내가 너무 당황해 실수하는 바람에 큰일 날 뻔했네. 조심해야지 괜히 너무 나섰다가 어렵게 얻은 가족과 멀어질 수도 있으니…….'

비록 이곳은 어떤지 모르겠지만 이케아 대륙에서는 아이들이 너무 나이에 맞지 않는 행동이나 말을 하면 괴물 보듯 하거나, 때로는 악마의 저주를 받은 아이라 하여 버려지거나 죽임을 당하기도 했다.

더욱이 수한 자신의 전생인 제로미스였을 때, 양친 모두에게 사랑을 받지 못하고 마법사에게 팔려 가지 않았던가?

그런 과거를 가지고 있다 보니 수한은 그동안 최대한 조심을 했었다.

이미 정신은 성인의 정신을 넘어 최고의 깨달음을 가진 존재.

비록 아기의 몸을 하고 있지만 정신만은 이미 한계를 넘어선 그이기에 조심 또 조심했다.

지금의 행복을 자신의 실수로 깨고 싶지는 않았기 때문이다.

한순간의 소란이 일기는 했지만 행복하게 끝이 났다.

하지만 해프닝은 수한의 생각처럼 쉽게 끝나지 않았다.

10분 정도 시간이 흐르고 문이 열리며 큰소리가 들렸다.

"아빠 왔다!"

정명수는 딸과 통화를 끝내고 액셀을 힘껏 밟아 10분 만에 집에 도착을 한 것이다.

그리고 집으로 들어가자마자 자신이 들어왔음을 모두에게 알렸다.

그런 정명수의 모습에 저녁 준비를 끝내고 잠시 쉬고 있던 미영은 어이가 없다는 듯 집으로 들어오는 남편을 보며 웃어 보였다.

"당신 뭐가 그리 급하다고 그렇게 큰소리를 내며 들어와요?"

명수는 부인의 물음에 자신이 너무 요란했다는 것을 깨달았다.

하지만 그것도 잠시 귀여운 딸이 자신의 품으로 뛰어들자 얼른 받아 들었다.

"아빠! 다녀오셨어요."

"그래, 우리 귀여운 딸! 동생과 잘 놀고 있었어?"

"응, 나 수한이랑 잘 놀고 있었다. 숙제도 다했다."

"오? 그래, 우리 딸 착하네!"

"응, 수정이 착해!"

잠깐 딸과 그렇게 대화를 나누던 명수는 현관 앞까지 기어 온 수한을 보았다.

설마 아들이 여기까지 자신을 마중 나올 줄은 꿈에도 몰랐다.

그런 수한의 모습에 명수는 수정을 안고 있던 팔 중 왼팔을 풀어 수정을 오른팔에 안고 왼팔을 뻗어 자신의 앞에 온 수한을 안았다.

"우리 아들! 아빠 보러 여기까지 왔어요?"

별다른 기대 없이 그저 지금 상황에 맞는 질문을 한 것뿐이다.

하지만 명수의 팔에 안긴 수한은 명수의 질문에 고사리 같은 두 팔을 뻗어 명수의 얼굴을 잡으며 대답을 했다.

"응, 아빠! 오셨어요."

비록 뒷말은 조금 어눌하게 들렸지만 앞에 응이란 단어와 아빠라는 단어는 또렷하게 그의 귀에 들렸다.

그리고 뒤에 들리던 단어도 자신에게 인사하는 거 같았다.

"어머!"

옆에서 그 말을 듣고 있던 미영은 자신도 모르게 깜짝 놀랐다.

조금 전 엄마라는 말을 했을 때보다 더 놀랐다.

설마 1개월 된 아이가 이렇게 조리 있게 단어를 섞어 문장을 만들어 말을 했다는 것이 놀라웠다.

사실 미영은 아이들을 좋아해 대학을 다닐 때, 유아교육학을 배웠다.

고아였던 그녀는 참으로 운이 좋은 편이었다.

말도 많고 탈도 많은 곳이 고아원이다.

많은 고아원 원장들이 돈벌이 목적으로 고아원을 운영하는 곳이 많은 것이 대한민국의 현실.

하지만 그녀가 있던 고아원은 그렇지 않았다.

원장 부부는 사실 어렵게 얻은 자식을 잃은 경험이 있는 사람들이었다.

더 이상 자식을 볼 수 없다는 의사의 소견을 들은 뒤 원장 부부는 고아원을 운영하면서 원아들을 자신의 죽은 자식처럼 길렀다.

그런 원장 부부의 사랑을 받고 큰 아이들은 사회에 나가서도 다른 아이들과 다르게 구김 없이 주변에 잘 적응하였다.

미영도 그런 부부의 영향으로 어려서부터 아이들 돌보는 것을 천직으로 생각하며 대학에 들어갈 기회가 생기자 주저 없이 유아교육학과를 지원했다.

이렇게 아이를 좋아하는 미영이기에 시간이 날 때마다 자신이 있던 고아원을 찾아 원장 부부를 도와주었다.

지금의 남편과 만난 것도 이런 봉사를 하다가 만난 것이다.

아무튼 대학에서 배운 것에 의하면 방금 전 자신의 아들이 한 정도의 문장을 아기가 말을 하려면 빨라도 돌은 지나야 한다.

그런데 자신의 아들은 이제 겨우 1개월이었다.

"여보, 우리 수한이 천재인가 봐요."

"천재?"

"네, 보통 겨우 생후 1개월뿐이 되지 않은 아기는 옹알이 하기도 힘든데, 우리 수한이는……."

명수는 미영의 말을 듣고 혹시나 하는 생각이 들었다.

"정말로 우리 수한이가 그렇단 말이지……. 한 번 테스트를 받아 볼까?"

명수는 영재 테스트를 생각해 냈다.

"그럴까요?"

명수와 미영이 이렇게 수한에 대하여 이러쿵저러쿵 이야기를 하고 있을 때 명수의 팔에 안겨 있던 수정이 고개를 갸웃거리며 물었다.

"아빠! 영재 테스트가 뭐야? 테스트면 시험이라는 말인데? 영재는 또 누구야?"

"뭐? 하하하하!"

부인과 아들이 똑똑한 것에 대한 이야기를 하던 중 옆에서 들린 딸의 질문에 명수는 어이가 없어 웃고 말았다.

"영재가 누구냐고? 하하 정말로 영재가 누굴까?"

"그러게요. 영재는 누구일까요? 호호호"

엉뚱한 딸의 질문에 명수와 미영은 그렇게 딸을 놀려 댔다.

자신의 질문에 대답은 해 주지 않고 웃고만 있는 아빠와 엄마의 모습에 수정은 알 수 없다는 듯 고개를 갸웃거렸다.

그 모습이 어찌나 귀여운 것인지 다시 한바탕 웃음꽃이 피었다.

한편 아빠의 품에 안긴 수한은 그 모습을 지켜보다 알 수 없는 감정에 휩싸였다.

태어나 종종 이렇게 품에 안긴 적은 있었지만 한 번도 이런 기분을 느낀 적이 없었다.

그런데 오늘은 이상하게 기분이 좋아졌다.

이케아 대륙에서의 70년 가까이 살았지만 이번 화목한 가정을 본 기억이 없었다.

'아! 내가 대마도사로 살았던 인생은 헛것이었구나!'

수한은 문득 한 번도 이런 포근한 느낌을 받은 기억이 없다는 걸 깨달았다.

지금의 느낌은 깨달음을 얻었을 때의 그 포근함과는 근원이 다른 따스함이었다.

마법의 경지와는 또 다른 깨달음을 얻어야 느낄 수 있는 이 따뜻한 느낌의 정의를 알 수가 없는 수한은 지금 전생에 자신이 대마도사의 깨달음을 얻었던 때 보다 더 충만된 느낌에 이것이야말로 인간으로서 누릴 수 있는 최고의 감각이라 느꼈다.

가족의 화목함이란 것을 경험하지 못했던 그로서는 정말이지 그 어떤 깨달음보다 더한 충족감을 느끼게 해 주고 있었다.

　수한이 이렇게 자신만의 생각에 잠겨 있는 때, 그의 귀로 명수의 한 목소리가 머릿속으로 파고들었다.

　"허허, 내가 전생에 어떤 큰일을 했기에 이렇게 예쁜 부인과 귀여운 딸, 그리고 영특한 아들을 가질 수 있을까?"

　"호호 당신 그렇게 생각해요?"

　"그래, 내가 아마도 전생에 나라라도 구했나 보네."

　"나라를 구해요?"

　"아니지, 난 미인도 얻고 예쁜 공주와 왕자도 얻었으니 나라를 구한 정도로 안 되지. 아마 그 세상을 구원한 영웅이었을 거야!"

　"호호호, 당신이 전생에 영웅이었다고요?"

　"그래, 아마 마왕을 물리친 영웅이었지 않을까? 그러니 이렇게 미인과, 요정과, 듬직한 아들도 얻었지."

　명수의 말에 미영은 물론이고 수정도 좋아했다.

　아빠가 하는 이야기에 자신은 공주가 되었다가 요정도 되었다가 하는 것이 너무도 재미있었기 때문이다.

　한편 수한은 조금 전 전생이란 단어가 귓가를 떠나지 않았다.

　'전생? 전생이 뭐지?'

　단어의 뜻을 알 수는 없지만 뭔가 자신이 이 세상에 아기로 태어난 것을 설명해 줄 수 있는 중요한 단어란 생각이 들었다.

수한이 그동안 말을 익히긴 했지만 아직 그 뜻을 모두 파악한 것은 아니었다.

'언어는 어느 정도 익혔으니 이제는 문자를 배워야겠다. 그래야 조금 전 전생이란 말의 뜻을 알 수 있을 테니까!'

아직도 머릿속에 전생이란 단어가 계속 맴돌았다.

그 때문인지 수한은 기필코 이곳의 문자를 배우겠다고 다짐했다.

◆　　◆　　◆

"아빠, 여긴 어디야?"

수정은 아빠와 엄마가 아침부터 준비를 하고 자신과 동생을 데려온 곳의 정체가 궁금했다.

겉보기에는 자신이 다니는 유치원과 비슷해 보였는데, 창문을 통해 보이는 방 안에는 많은 아이들이 보였기 때문이다.

딸이 이곳이 어딘지 궁금해 하는 것을 보며 명수는 미소를 지었다.

"응, 전에 수정이가 영재가 누구냐고 했었잖아?"

"응, 아빠가 영재 테스트 한다고 했었어!"

수정은 자신의 질문에 아빠가 전에 했던 말이 생각나 그렇게 대답을 하였다.

그러고 보니 이 건물로 들어서기 전 간판에 뭔가 적혀 있던 것이 생각이 난 수정은 아빠의 대답을 듣기 전에 대답을 하였다.

"아! 영재 테스트가 영재라는 아이를 시험하는 것이 아니라, 이곳이 똑똑한 아이들을 찾는 곳이구나!"

딸의 대답을 들은 명수는 눈을 반짝였다.

그동안 일 때문에 딸에게 많이 신경을 써 주지 못했는데, 딸이 하는 말을 들어 보니 딸 도한 지능이 보통은 아닌 것 같았기 때문이다.

"그래, 그럼 수정이는 이곳에 왜 왔는지 알아?"

혹시나 싶은 마음에 딸에게 물어보았다.

그런 명수의 질문에 수정은 일주일 전의 일을 기억하며 대답을 하였다.

"아빠가 그때 수한이 영재 테스트 한다고 했었잖아! 아빠는 그것도 기억 못하는 거야?"

딸의 질문에 명수는 일순 할 말을 잊었다.

설마 일주일 전에 했던 자신의 말을 기억하고 있을 줄은 정말로 몰랐기 때문이다.

"어이쿠, 우리 공주님이 기억하고 있었네?"

조금은 과장된 명수의 행동에 뭐가 그리 좋은지 수정은 꺄르륵 거리며 좋아했다.

"꺄르륵! 아빠 재밌다."

"그렇게 이거 아빠가 우리 수정이를 너무 예뻐해서 엄마가 질투가 나네."

두 부녀의 대화에 미영은 웃으며 대답을 하였다.

한 가족이 화목한 한때를 보이다 어떤 방 앞에 섰다.

문 입구에는 원장실이란 문패가 붙어 있었다.

"들어가지."

"네."

"네."

명수와 미영 그리고 수정과 아기인 수한이 원장실 안으로 들어서자 반백의 하얀 가운을 입은 장년의 남성이 이들을 맞았다.

사전 예약이 되어 있었기에 명수 일가는 바로 이곳 영재학원 원장실로 바로 올 수 있었다.

사실 영재 테스트를 위해선 조금은 복잡한 절차가 필요했지만 명수의 직업이 직업이다 보니 많은 행정 절차가 간소화 될 수 있었다.

대한민국에는 몇 곳의 영재학원이 있었다.

그리고 이 영재학원은 비록 정부에서 운영하는 것은 아니지만 정부의 보조를 받고 있었다.

그렇기 때문에 외무부 사무관인 명수의 직책을 듣고는 바로 행정절차를 간소화 하였다.

사실 영재 테스트를 하는 학원에는 하루에도 수십 명의 자녀를 둔 보모들이 자신의 자식이 영재가 아닌지 테스트를 하기 위해 신청을 하러 온다.

그 때문에 조금은 복잡한 절차를 통해 테스트를 받기 전 걸러 내는 것이다.

테스트를 한 번 하기 위해선 시간과 돈이 소모가 되는데, 모든 신청자들을 다 받아 주다 보면 엄청난 예산이 낭비되기 때문이다.

물론 테스트를 받는 아이들이 모두 영재라면 그렇지 않겠지만 사실 테스트를 받으러 오는 아기들 대부분은 그 부모들이 자신의 자식을 평가할 때 편향되게 평가를 하기에 영재로 본다는 것이다.

이곳에 있는 연구원들이 보기에는 일반 아이들과 별반 다를 바가 없는데 말이다.

원칙대로라며 테스트를 받아야 하는 수한도 이런 간단한 절차를 밟아 가며 테스트를 해야 했다.

그렇지만 어디나 예외가 있는 것이 수한의 아빠인 명수

는 외무부 사무관이다.

정부부처의 5급 공무원이다 보니 잘 보여 둘 필요가 있었다.

이 때문에 중간에 절차를 생략하고 이렇게 원장을 직접 만나 테스트를 받기로 하였다.

"어서 오십시오. 오늘 테스트를 받을 아이가 누구입니까?"

대한 영재학원의 원장이 강대한은 인사와 함께 본론을 꺼냈다.

그가 보기에 눈앞에 있는 인형 같은 여자아이가 테스트를 받으러 온 것이라 생각을 하면서도 설마 하는 생각에 엄마의 품에 안긴 아기까지 포함해 물은 것이다.

사실 그의 눈에는 여자아이도 조금 시기를 놓친 것 같았지만 말은 하지 않았다.

원장의 물음에 명수는 자신의 생각을 말했다.

"원래는 여기 아기를 테스트 하려고 했는데, 시간이 되시면 저희 딸도 좀 테스트를 받았으면 합니다."

명수가 원장의 물음에 대답을 하자 강대한은 깜짝 놀랐다.

강대한은 자신의 예상과 다르게 저 어린 아기가 테스트를 받으러 왔다는 것에 놀란 것이다.

자신이 보기에 아기는 이제 태어난 지 얼마 안 돼 보였기 때문이다.

많이 쳐 줘야 6개월은 되었을까. 그 정도로 어린 아기였다.

그런데 그런 아기를 어떻게 테스트를 하라는 것인지 어이가 없었다.

"아니, 아버님. 마음은 예상이 되지만 보기에도 이제 겨우 6개월 정도도 돼 보이는 아기를 어떻게 테스트를 한다는 말입니까? 말이라도 트이면 그때 테스트를 받는 것이……."

강대한이 그렇게 다음에 테스트를 하자고 종용하였다.

하지만 그 말은 끝을 맺지 못했다.

"할아버지, 테스트가 뭐야?"

"응?"

갑자기 들리는 아기 목소리에 강대한은 깜짝 놀랐다.

설마 이제 겨우 6개월도 되지 않은 아기가 말을 할 것이라고는 생각지 못했다.

그 때문인지 주변을 살피다 수정을 쳐다보았다.

하지만 조금 전 들린 아이의 목소리는 어리긴 하지만 사내아이의 목소리였다.

설마 이렇게 인형 같은 아이가 사내아이의 목소리를 냈

GREAT
그레이트 코리아
KOREA

을 것이라고는 생각지 않았다.

그렇다고 아기가 그런 말을 했다고 생각하기도 어려워 알 수가 없었다.

그 때문에 강대한은 당황한 나머지 혹시나 자신이 보지 못한 아이가 또 있는지 찾기 위해 주변을 살폈다.

그렇지만 아무리 찾아도 주변에는 숨어 있는 아이가 없었다.

"뭘 그리 두리번거리십니까?"

명수는 원장이 말을 하다 말고 주변을 둘러보자 물었다.

"혹시 다른 아이가 또 있습니까?"

대한은 혹시나 명수에게 또 다른 아이가 있는지 물었다.

하지만 들려온 대답은 그의 기대를 저버렸다.

"제 아이들은 여기 둘이 다입니다."

명수의 대답을 들은 대한은 눈이 커졌다.

설마 조금 전 질문을 한 아이가 바로 눈앞에 있는 아기라는 말에 깜짝 놀란 것이다.

지금까지 그가 영재학원을 운영하면서 이런 경우를 한 번도 경험한 적이 없었기 때문이다.

"조금 전 말을 한 아이가 바로 여기 아기입니까?"

혹시나 자신이 실수를 하는 것은 아닌가 하여 다시 한 번 확인을 했다.

대한의 질문에 명수는 대답 대신 고개를 끄덕였다.

그런 명수의 모습에 대한은 도저히 정신을 차릴 수가 없었다.

"여, 여기 아기의 인적사항을 적어 주시기 바랍니다. 그리고 아버님은 여기 따님의 인적사항을 적어 주십시오."

강대한은 뭔가에 머리를 한 대 맞은 것 같은 충격에서 아직 벗어나지 못하고 준비된 서류를 명수와 미영의 앞에 내밀었다.

그곳에는 테스트를 받을 아이에 대한 인적사항을 적는 칸이 존재했다.

명수와 미영은 빈칸에 꼼꼼히 적었다.

혹시나 실수를 하여 엉뚱한 결과가 나오면 안 되기에 서류를 읽고 빈틈없이 채워 갔다.

서류가 꾸며지고 대한이 그것을 받아 살펴보았다.

조금 전 자신을 놀라게 한 아기의 인적사항을 먼저 확인하고 싶은 마음에 수한의 서류를 먼저 보았다.

'뭐? 이제 겨우 생후 40일이라고?'

대한이 보고 있는 서류에 수한이 태어난 지 한 달하고 열흘이 지났다고 나와 있었다.

그 서류를 본 대한은 어떤 예감이 들었다.

'천재다. 그것도 언어 쪽으로 발달한 지금까지 나오지

않았던 대단한 천재가 우리 학원에 온 것이다.'

정말로 대한은 그렇게 생각했다.

생후 40일 된 아기가 성인과 대화가 가능할 정도로 말을 한다는 것이 그를 그렇게 생각하게 만들었다.

서류를 한참이나 들여다보던 강대한은 자리에서 일어나 명수 가족을 안내했다.

"일단 테스트를 하러 가시지요."

강대한은 어서 빨리 테스트를 해 보고 싶었다.

자신의 생각대로 아기가 상식을 뛰어넘는 천재인가 알고 싶었기 때문이다.

영재 정도가 아니라 하늘이 낸, 말 그대로 천재인지 확인하고 싶은 것이다.

한편 자신의 질문으로 어떤 상황이 되었는지 알지 못하는 수한은 그저 미영의 품에 안겨 이동을 하였다.

5.
천재 소동

수한은 지금 자신의 주변에서 벌어지고 있는 일을 이해할 수가 없었다.

무슨 테스트를 한다고 하는데, 테스트가 무엇을 말하는 것인지 또 그 앞에 붙은 영재라는 말이 뜻도 모르고 그저 자신의 가족이 움직이자 엄마의 품에 안겨 다니기만 하였다.

가장 처음 그가 본 것은 부모를 따라 들어간 영재 학원의 원장이라는 사람이었다.

그에게서 느껴지는 것은 그리 특별한 것은 없었다.

그저 아카데미의 학자들과 비슷한 느낌을 받을 뿐이다.

수한은 도대체 이곳이 무엇을 하는 곳이고 또 자신이 이곳에 온 이유를 알 수가 없어 주변을 살폈다.

이곳에는 자신보다 나이가 많지만 아직 어린아이들이 꽤 많이 있다는 것이었다.

'도대체 이곳은 무엇을 하는 곳이기에 아이들이 이렇게 많이 있는 것이지?'

혹시나 자신이 온 곳이 아카데미인가, 라는 생각을 해 보았지만 그러기에는 배우고 있는 아이들이 너무도 어렸다.

그렇다고 누나를 이곳에 입학을 시키려고 한다고 생각을 해 보았다.

그러고 보니 5살인 누나와 비슷해 보이는 아이들도 간간히 보이긴 했다.

'아, 누나를 입학시키려는 것이구나!'

자신의 누나를 입학시키려고 한다고 판단을 한 수한은 마음을 편히 먹고 주변을 살폈다.

누나가 다닌다면 언젠가 자신도 다닐 수 있다는 생각에 꼼꼼히 교육환경에 관해 살피는 것이다.

그런데 수한의 눈에 이상한 장면이 목격이 되었다.

교육을 위한 것이라면 아이들을 앉혀 두고 강단에서 강연을 해야 하는데, 어른으로 보이는 사람들은 하얀색 옷을 걸치고, 손에는 무슨 판자 같은 것을 들고 아이들이 무언가를 하는 모습을 관찰하며 적고 있었다.

'어? 왜 강연을 하지 않고 그냥 뭔가를 적고만 있지?'

너무도 이상한 장면이었다.

복도를 지나며 그렇게 주변을 살피며 누나가 다니게 될 아카데미를 살폈다.

'참 희한한 곳이구나!'

수한이 생각하기에 너무도 이상한 세상이었다.

'하기는 주변에 온통 이상한 물건들뿐이니 교육도 특이하게 가르치겠지.'

자신이 너무도 이상한 세상에 환생하게 되어 그런 지도 모르겠다고 자기 합리화를 시켰다.

수한은 말이 트이고 명수가 수한에 대한 영재 테스트를 준비하는 동안 그는 부모님이 자신에 대하여 어느 정도 알게 되자 본격적으로 이 세계를 알기 위해 누나의 컴퓨터를 차지하였다.

수정은 자신의 I.봇을 순순히 동생인 수한에게 양보를 하였다.

사랑하는 동생이 자신의 I.봇에 관심을 보인다는 것에 상당히 기뻐하며 숙제를 하는 시간 외에 모든 시간에 I.봇의 사용 권한을 수한에게 양보한 것이다.

물론 숙제도 수한이 잠을 자는 시간을 이용해 한다는 것은 두말할 것도 없었다.

누나인 수정의 양보로 수한은 많은 것을 그 안에서 얻을 수 있었다.

처음에는 그저 유아용 학습 프로그램을 시청하거나 문제 풀이를 하였다.

그러다 시간이 지나면서 그런 것들이 익숙해지자 이제는 연령대를 높여 학습 프로그램을 실행했다.

누나인 수정이 예전 모두 배웠던 것들이 외장 하드에 모두 저장이 되어 있었기에 충분히 활용할 수 있었다.

사실 이런 것은 수정이 배울 때 나중에 수정의 동생이 태어나면 새로 구입할 것이 아니라 재활용하기 위해 또 동생이 태어나지 않더라도 수정이 사용한 물건들에 대한 기록을 담기 위해 미영이 정리해 둔 것이었다.

이것을 활용해 이제 겨우 생후 1개월이 조금 지난 아기가 학습을 하였다.

이미 70대의 정신력을 아니, 평범한 70대가 아니라 위자드의 정신력을 가지고 있는 수한이다 보니 너무도 쉽게 이해가 갔다.

수한의 학습 속도는 가히 측정불가의 영역에 들어섰다.

그도 그럴 것이 산 정상의 눈덩이가 구를 때는 무척이나 작은 덩이다.

하지만 그 작은 눈덩이가 구르기 시작하면 점점 그 덩어리는 덩치를 불리며 커져가 결국에는 산사태로 이어진다.

그처럼 수한이 이 세계의 지식을 습득하면서 그 습득된 정보를 통해 받아들이는 정보의 양은 그 폭을 넓혀 갔다.

그런데 수한이 학습을 하면서 이해 못하는 것이 하나 있었다.

이 세계에는 마법이 없다는 것이다.

아니, 마법은 있었다. 하지만 그 마법은 실제 자신이 배웠던 그런 것이 아니라 상상이나 이야기 속에 있는 것이다.

그 때문에 한동안 고민을 했었다.

분명 자신은 얼마 전 이곳에서 마나를 느꼈다.

느끼는 것만이 아니라 작은 깨달음으로 마나를 받아들여 1클래스의 마법을 실행할 수 있는 정도의 마력을 쌓을 수 있었다.

이 때문에 어떻게 해야 할지 처음에는 갈피를 잡지 못했지만 얼마 뒤 그런 고민은 아침햇살을 받은 안개마냥 사라졌다.

그건 I.봇을 통해 습득한 지식으로 인해 굳이 자신에게 일어난 현상에 대하여 거부할 필요가 없다는 사실이었다.

아니 남들이 모르는 것을 알고 있다는 것은 어쩌면 삶을 살아가는 데 큰 무기가 될 수도 있다는 사실을 깨달았다.

어느 시대든 고난과 위협은 있기 마련이다.

이때 남들이 가지지 못한 마법이란 것을 사용한다면 충분히 그 위기를 극복할 수 있을 뿐 아니라 반격을 할 수도 있다.

이런 생각을 하자 고민은 순식간에 사라진 것이다.

오히려 그때 또 다른 문구에 고수는 자신의 능력 중 3할을 숨긴다고 나와 있었다.

3할이 어느 정도를 나타내는 것인지 찾아보기까지 했다.

무려 지신의 능력의 1/3 정도라고 나와 있었다.

그리고 수한은 고개를 끄덕일 수밖에 없었다.

그 정도의 능력을 숨기고 있었는데, 위기의 순간 숨겨둔 능력을 발휘한다면 빠져나오지 못할 위기는 없을 것이라 생각했다.

아무튼 그렇게 자신이 알고자 했던 정보를 I.봇을 통해 알게 되면서 자신이 이 세계에 환생을 했다는 것을 알게 되었다.

자신이 새로운 삶을 살게 되었다는 것을 알게 되자 이 새로운 삶에 대해 고민을 하게 되었다.

그게 바로 어젯밤의 일이었다.

자신의 새로운 삶은 가족이 화목하게 그리고 이런 행복

을 영원히 가져가고 싶었다.

그러기 위해선 이곳에 대하여 보다 자세히 알아야 했다.

오늘도 집에 들어가면 누나의 그것을 가지고 이 세계를 알아보기로 결심했다.

'어서 등록을 하고 돌아가면 좋은데…….'

수한은 어서 누나의 아카데미 등록을 마치고 집으로 돌아갔으면 좋겠다는 생각을 했다.

하지만 이런 생각은 원장실에 들어간 뒤로 바뀌었다.

"아니, 아버님. 마음은 예상이 되지만 보기에도 이제 겨우 6개월 정도도 돼 보이는 아기를 어떻게 테스트를 한다는 말입니까? 말이라도 트이면 그때 테스트를 받는 것이……."

아빠와 이야기를 나누던 원장이라 불린 반백의 사내가 자신의 아빠를 무시하는 듯한 말에 수한이 한마디 했다.

"할아버지, 테스트가 뭐야?"

도대체 테스트라는 말이 무엇이기에 자신의 아빠를 무시하는 것인지 알 수가 없어 물어본 것이다.

그리고 그 말이 어떤 일을 불러올지 수한은 상상하지도 못했다.

그런데 원장은 자신의 질문에 대답을 하지 않고 주변을 두리번거리고 있었다.

원장의 그런 모습에 수한은 그가 무척이나 무례하다고 생각을 했다.

그런데 원장이 무엇 때문에 자신의 질문에 대답을 하지 않은 것인지 알게 되었다.

"여, 여기 아기의 인적사항을 적어 주시기 바랍니다. 그리고 아버님은 여기 따님의 인적사항을 적어 주십시오."

원장의 말을 듣고서야 그가 무엇 때문에 주변을 살폈는지 알게 되자 허탈한 생각마저 들었다.

이곳도 어른들의 생각은 그곳과 마찬가지였다.

고정관념에 빠져 직관하지 못하고 자신의 예상범위를 넘어가면 현실을 부정하려는 경향이 있었던 것이다.

'이곳이나 그곳이나 인간의 생각은 비슷하구나!'

새로운 사실을 알게 되었지만 그뿐이었다.

'뭐? 이제 겨우 생후 40일이라고?'

원장은 자신의 인적사항을 알게 되자 깜짝 놀라며 소리쳤다.

이때도 수한은 엄마의 품에서 멀뚱한 눈으로 놀라는 원장을 쳐다보고 있었다.

그런데 원장은 자신의 생일을 알게 되자 뭐가 그리 급한지 흥분을 하기 시작했다.

그 모습은 이케아 대륙에서도 간간히 본 기억이 있었다.

큰 이득을 남길 만한 물건을 본 상인의 눈빛이 저랬다.

흥분해 자신이 지금 어떤 상황에 처했는지도 생각지 않고 주변도 돌아보지 않고 한 곳만 쳐다보는 좋게 말해서 집중력이 좋고 나쁜 말로는 흥분해 앞뒤를 못 알아볼 정도로 눈이 뒤집힌 상태다.

자신의 가족들을 재촉하며 원장은 앞장서 걸어갔다.

"일단 이 도형 테스트부터 하지요."

작은 방, 그곳에는 몇 명의 아이들이 있었다.

수한보다는 더 자라 돌은 지나 보이는 아이들이었다.

아이들이 앉은 바닥에는 I.봇의 얼굴 같은 빛과 글이 나오는 판이 놓여 있었다.

아직 수한은 그것이 테블릿PC라는 것을 알지 못해 그렇게 생각하였다.

테블릿PC 화면에는 여러 가지 모양의 도형이 나오며 수시로 화면을 바꿨다.

원장의 말에 미영은 수한을 데리고 테블릿이 있는 곳에 앉았다.

다른 아기들의 엄마들처럼 그녀도 수한과 함께 자리한 것이다.

아이들의 안전을 그리고 산만한 아기들이 통제 불능의 행동을 하는 것을 사전에 차단하기 위해서 엄마와 함께하는 것이다.

그렇다고 엄마들이 아기를 도와줄 수는 없었다.

"자, 시작합니다."

강대한은 뭐가 흥분이 되는지 한껏 고조되어 말을 하였다.

사실 다른 아이들이 테스트를 하는 동안 이렇게 중간에 다른 아이를 들이지 않는 것이 원칙이었다.

하지만 원장인 대한이 너무도 흥분한 나머지 아직도 30분이나 남은 시간을 기다릴 수가 없어 이렇게 절차를 무시하고 난입하였다.

이 때문에 먼저 테스트를 하고 있던 아기들이나 엄마들은 현재 주위가 산만해져 정확한 테스트를 할 수 없는 상황에 이르렀다.

물론 그렇다고 이 한 번의 테스트로 아기들이 영재인지 아닌지 판가름이 나는 것은 아니었다.

이 테스트도 영재인지 아닌지 판별하기 위한 많은 테스트 중 하나일 뿐이다.

이곳에 있는 엄마들도 이런 사실을 알기에 뭐라 항변하지 못하고 그저 불만스러운 표정을 하며 수한을 쳐다보았다.

원장인 강대한의 신호가 떨어지자 테블릿에는 여러 가지

도형이 나타났다.

색색의 모형들이 나오고 음성으로 지문을 대신했다.

수한은 테블릿에서 지문의 내용이 나오자 망설임 없이 지문이 지시한 모양의 도형을 눌렀다.

원래 10초의 시간이 주어진 문제였지만 수한은 1초도 걸리지 않고 정답을 맞혔다.

정답을 맞히자 새로운 문제가 주어졌다.

그리고 이렇게 20문제를 풀었다.

수한이 걸린 시간은 다른 테스트를 받던 아이들보다 훨씬 적었다.

너무도 빠르게 정답을 맞히기에 먼저 테스트를 받고 있던 아기들 보다 빠르게 도형판별 테스트를 끝냈다.

도형판별 테스트가 끝나자 이번에는 입체도형 맞히기를 하는 곳으로 향했다.

그곳은 아까 보았던 아이들 보다 더 큰 아이들이 앉아 있었다.

그곳에는 아직 테스트가 진행이 되지 않아 실례를 할 필요는 없었다.

입체도형 맞히기는 말 그대로 여러 모양의 플라스틱으로 만든 블록을 같은 모양으로 뚫린 구멍에 넣는 테스트다.

이것은 공감각이 있어야 할 수 있는 테스트로, 이 또한 시간제한이 있었다.

삼각형, 사각형, 원형 그리고 별 모양까지 다양한 모양의 불러이 있고 블록 옆에는 여러 모양이 뚫린 판이 존재했다.

'아, 이번에는 조금 전보다 난이도가 높은 것이구나.'

수한은 설명을 듣기도 전에 앞에 놓인 물건들을 보며 이번 테스트가 무엇을 하는 것인지 금방 깨달았다.

그래서 그런지 테스트 시작을 알리기도 전에 수한은 바닥에 놓인 블록들을 같은 모양의 구멍에 꽂았다.

그런 수한의 모습에 테스트 진행을 위해 대기하고 있던 담당자나 자식의 테스트를 지켜보기 위해 주변에 있던 학부형들은 눈이 동그래졌다.

자신들의 아기보다 훨씬 어려 보이는데 설명을 듣기도 전에 테스트를 끝내 버렸기 때문이다.

"뭐 저런 아기가 다 있어?"

구경을 하고 있던 사람 중 한 명은 자신도 모르게 그렇게 중얼거렸다.

그건 원장인 강대한도 마찬가지였다.

지금까지 영재 학원을 운영하고 또 많은 아이들을 테스트 했지만 이런 아기는 처음이었다.

학원에서의 테스트는 그 뒤로도 계속되었다.

그리고 마지막으로 기억력 테스트를 하였다.

이 테스트는 여러 장의 카드를 보여 주고 뒤집은 다음 같은 모양의 카드를 찾아내는 테스트다.

1분 동안 카드의 그림을 외우고 그것을 얼마나 빠른 시간에 모두 찾을 수 있는지 테스트 하는 것으로, 사실 이 테스트는 수한에게 그야말로 누워서 껌을 씹는 것보다 아니, 그냥 숨을 쉬는 것과 비슷한 수준의 문제였다.

순식간에 카드가 뒤집히고 그럴 때마다 맞혔다는 것을 알리는 딩동댕 소리가 스피커를 통해 들렸다.

수한이 테스트 받는 것을 뒤에서 지켜보던 명수는 자신의 아들이 이렇게 똑똑할지 상상하지 못했다.

뿐만 아니라 수한과 떨어져 테스트를 받은 수정 또한 상당한 수준의 영재란 것이 밝혀졌다.

오늘 있었던 테스트에서 수한에 이어 2번째 기록을 세운 존재가 바로 수정이었기 때문이다.

더욱이 이 기록은 그동안 이곳 학원에서 기록한 역대 영재 표준 값에서 중 상위에 이르는 기록이라 수정 또한 상당한 주목을 받게 되었다.

수한은 영재 테스트를 받은 뒤 자신이 무언가 실수를 했다는 것을 금방 깨달을 수 있었다.

자신은 I.봇에서 본대로 자신의 능력 중 1/3을 숨기고 테스트를 받았지만 위자드 급의 정신력을 가지고 있는 수한에게는 수준 이하의 테스트였다.

사실 마법에 입문하는 아이들에게 하는 테스트도 저보다 어려울 것이다.

그러니 수한에게는 정말로 아무것도 아닌 그저 놀이 수준에 지나지 않았다.

그런데 사람들의 반응이 상상 이상이었다.

마치 세기의 천재를 보는 듯 감정을 주체하지 못하는 것이다.

더욱이 수한보다는 관심을 덜 받기는 했지만 수한의 누나인 수정 또한 그 학원에서 테스트한 영재들 중에서도 중상위 등급을 받는 바람에 남매 천재의 등장이라며 다음 날 신문에 나오기까지 하였다.

수한 남매가 신문에 나오게 된 것은 전적으로 영재학원의 원장인 강대한 때문이다.

자신의 영재 학원에 정부의 보조금을 조금이라도 더 받기 위해 일부러 수한 남매의 정보를 흘렸다.

요 근래 사건 사고 소식만 주구장창 쏟아지는 때 새로운 뉴스를 기다리던 신문사나 독자들에게 수한, 수정 남매의 영재 테스트는 관심을 끌기에 충분했다.

뭔가 희망적인 뉴스이기에 수정수한 신드롬을 만들어 내기에 이르렀다.

급기야 수한의 집 앞에는 인터뷰를 하기 위해 상주하였다.

이 때문에 수한의 가족은 상당한 불편을 느낄 수밖에 없었다.

◈　　◈　　◈

"여보, 언제까지 이렇게 지내야 해요?"

미영은 퇴근하고 들어오는 정명수에게 그리 물었다.

쏟아지는 관심 때문에 문밖 출입이 너무도 불편했기 때문이다.

특히나 매일 집 앞에 상주하는 파파라치들 때문에 수정을 유치원에 보내는 것도 곤욕이었다.

영재 테스트 이후 수정에 대해서도 사람들의 관심이 커져 수정이 다니는 유치원에도 기자들이 들이닥쳤다고 한다.

이 때문에 며칠 수정은 유치원도 가지 못하고 집에만 있었야 했다.

다행이라면 수정이 다니던 유치원은 인터넷 교육프로그램도 운영을 하고 있어 I.봇을 통해 원격으로 수업을 받을 수 있기에 다른 아이들에게 뒤처지지 않을 수 있었다.

"너무 불편해요. 이럴 줄 알았으면 테스트 괜히 받았어요."

미영은 자신도 이렇게 지치는데 아이들은 얼마나 고생을 할지 걱정이 되어 남편에게 하소연을 하였다.

그리고 명수 또한 수정과 수한의 테스트에 관한 이야기가 신문을 통해 알려지면서 여러 곳에서 시달렸다.

그는 외무부라고 하지만 그곳도 직장은 직장인지라 동기들부터 직장 상사들까지 수시로 불러 자식들이 똑똑한 비결을 물어 와 무척 피곤했다.

특히 직속상관인 조명수 국장의 질문 공세는 명수를 피로하게 만들었다.

마치 특별한 비법이 있는데 알려 주지 않는다는 식으로 자신을 몰아붙이며 업무적으로 스트레스를 주고 있는 것이다.

자식에 관해서는 아무리 배운 사람이라고 해도 비이성적이 되는가 보다.

만약 그런 비법이 있다면 이 세상에 영재 아닌 사람이

어디 있을 것이며, 천재 아닌 아이가 어디 있겠는가?

그런데도 조명수 국장은 자신을 괴롭히고 있다.

처음 명수가 외무부에 들어오면서 이름이 같다는 이유로 많은 도움을 주기도 했다.

하지만 어느 순간 위로 치고 오르는 명수를 견제하기 시작하였고, 어느 순간 명수만 보면 잡아먹지 못해 안달이 난 사람처럼 굴었다.

그리고 이번 수정과 수한의 영재 테스트 결과가 알려지면서 더욱 그랬다.

사실 수한이 태어난 아기 사진이 SNS에 올라가면서 잠깐 이슈가 된 적이 있었는데, 그때도 그랬다.

그런데 이번 영재 테스트 결과가 나오면서 생후 40일 정도뿐이 되지 않은 아기가 말을 한다는 것이 알려지고 나서는 예전보다 더 그를 달달 볶았다.

오늘도 시달리다 들어왔는데 미영이 그런 말을 하자 명수는 정말로 자신의 선택을 후회하게 되었다.

"그러게 말이야…… 이럴 줄 알았으면 테스트를 받는 것이 아니었는데."

피곤한 나머지 미영의 물음에 그렇게 대답을 하였다.

평소라면 자신이 어떤 말을 하던 밝게 웃으며 다독여 주던 남편의 힘없는 대답에 미영은 눈을 크게 떴다.

아무리 힘든 일이 있더라도 이렇게 힘이 빠진 모습을 자신에게 보여 주지 않았던 남편의 쳐진 어깨에 불안감을 느꼈다.

"여보 무슨 일 있는 거예요?"

"아니, 그냥 좀 피곤하네."

명수의 대답에 미영은 이번 일로 뭔가 문제가 생겼음을 깨달았다.

한편 평소와 다른 집안 분위기에 수한의 표정이 심각해졌다.

괜히 자신 때문에 아빠와 엄마 그리고 누나가 불편한 생활을 하고 있음을 알고 있기 때문이다.

'제길, 테스트면 테스트답게 어렵게 내야지 너무 쉬워 가지고……'

속으로 영재 테스트가 너무도 쉬웠다며 이번 사태의 책임이 자신에게 없다며 변명을 하였다.

지금 수한은 아직까지 깨닫지 못했지만 사실 이런 생각은 이케아 대륙에서 7클래스 대마도사로 있을 때는 생각지 않았던 사고다.

하지만 아기의 몸으로 환생을 하다 보니 정신도 어느 정도 육체의 영향을 받았는지 이런 자기 합리화를 하게 된 것이다.

"아빠!"

수한은 평소 보여 주지 않던 순진한 아기 모습으로 명수에게 달려갔다.

모든 창을 가려서 그렇지 지금 수한이 뒤뚱거리며 걸어가는 모습을 밖에 있는 기자들이 봤다면 이 또한 이슈가될 일이었지만, 기자들이 극성을 부리자 미영은 외부에서보이는 창에 커튼을 쳐 완벽하게 외부와 격리하였다.

비록 사람이 햇볕을 받지 않고 생활을 하다 보면 정서적으로 안 좋다는 연구 보고가 있으나 극성스런 기자들에게시달리는 것보다는 영향력이 덜하다는 판단에 이런 조치를취했다.

아무튼 이제 겨우 2달이 조금 못된 아기가 뒤뚱거리긴하나 걷는 것은 가볍게 볼 일이 아니다.

그렇지만 이미 수한이 보통 아기들과는 차원이 다르다고생각하는 명수와 미영에게 수한의 그런 놀라운 일도 보통이거니 하고 넘겼다.

자신을 향해 안겨 오는 아들의 모습에 명수는 언제 처져있었냐는 듯 밝게 웃으며 수한을 안았다.

한편 집안 분위기가 예전과 다르게 많이 가라앉아 있다는 사실을 알고 거실이 아닌 자신의 방에서 유치원 숙제를하고 있던 수정도 그제야 방에서 나와 아빠에게 안겼다.

"아빠! 다녀오셨어요."

사랑하는 아들과 딸이 자신을 부르며 안겨 오자 언제 그랬냐는 듯 명수는 밝게 웃으며 힘차게 아이들을 안아 주었다.

미영도 그제야 조금은 얼굴이 펴졌다.

남편의 처진 모습은 아이들이나 자신도 불안하게 만들고 있었는데, 남편이 그래도 아이들의 얼굴을 보며 힘을 내는 듯해 조금은 안심했다.

"아빠! 힘들지?"

"응? 그게 무슨 말이야?"

명수는 수한이 느닷없이 질문을 하자 수한이 무슨 뜻으로 그런 말을 했는지 알 수가 없었다.

그래서 자신도 모르게 물은 것이다.

"응, 요즘 집 밖에 이상한 아저씨들이 막 밖에도 못 나가게 하고 또 집에 들어올 때도 막 몰려와 힘들게 하잖아!"

수한은 명수의 지친 모습이 직장에서의 스트레스 때문이란 것을 모르기에 그저 자신이 본 문 밖에 있는 극성맞은 기자들 때문이라 생각하며 그렇게 말한 것이다.

그런 아들의 말에 명수는 어이가 없다는 표정으로 웃고 말았다.

GREAT
그레이트 코리아
KOREA

설마 이제 겨우 생후 2개월도 되지 않은 아들에게 위로를 받을 줄은 생각지도 못했기 때문이다.

"응, 조금 힘이 들기는 하지만 우리 아들이 걱정할 정도는 아니야."

수정은 아빠와 동생이 하는 대화를 듣고 있다 명수에게 말을 하였다.

"아빠! 힘들어? 내가 호해 줄까?"

그런 수정의 말에 명수는 두 눈이 붉어졌다.

자신도 모르게 코끝이 찡해지는 느낌과 아릿한 저림을 느끼며 아들과 딸이 자신을 걱정하고 있다는 것을 깨닫고 이래선 안 되겠다는 다짐을 하였다.

'허, 그동안 내가 힘들어 한 모습 때문에 이렇게 어린 아이들이 걱정을 하였구나!'

그런 생각을 하면서 명수는 두 팔에 힘을 주어 힘껏 수정과 수한을 안아 주었다.

그리고 그 모습을 지켜보고 있던 미영도 양팔을 벌려 마주 안았다.

온 가족이 그렇게 한 덩이가 되어 서로의 체온을 느끼며 가족애를 만끽했다.

이렇게 한동안 부둥켜안고 있던 일가족, 이때 안겨 있던 수한이 명수에게 물었다.

"아빠, 우리 밖에 있는 아저씨들하고 이야기하자!"

"이야기?"

"응, 그걸 뭐하고 하더라?"

인터넷을 사용해 정보 취득을 하기는 하였지만 아직 한글 외에는 조금 어색하였다.

그래서 기자들과 인터뷰를 하자고 하려는 말을 잘 생각이 나지 않아 말을 얼버무렸다.

사실 아무리 수한이 위자드 급의 정신력이 있다고 하지만 아기 뇌의 용량의 한계와 새로운 세계의 언어를 익히는 것을 쉽게 할 수는 없었다.

단편적인 지식은 아직도 쌓아 가는 중이기에 인터뷰란 단어가 쉽게 생각나지 않은 것이다.

"아빠, 그거 뭐라고 해? 밖에 있는 아저씨들 모아 두고 이야기 하는 거 말이야."

"인터뷰?"

수한의 질문에 명수는 지금 아기인 수한이 무슨 말을 하려는지 눈치를 채고 물었다.

그런 명수의 말에 수한은 대답 대신 고개를 끄덕였다.

명수의 대답을 듣고 수한도 자신이 하려던 말의 단어가 생각이 난 때문이다.

'이 세계의 언어는 너무 복잡해!'

지금 수한이 복잡하다 느끼는 것은 인터넷에 무분별하게 혼용되고 있는 한글이 아닌 영어와 한문, 그리고 많은 은어들 때문이다.

분명 한글인데 뜻은 한글이 아니라 비슷하게 발음되는 외국어인 경우도 많았기에 인터넷을 통해 학습을 할 때 수한을 당황하게 만들기도 하였다.

한편 수한이 인터뷰를 하자는 말을 하자 명수와 미영은 고민을 했다.

지금도 사람들의 관심이 엄청난 불편을 겪고 있는데, 인터뷰를 하게 되면 어떤 일이 벌어질지 상상이 되지 않았기 때문이다.

만약 자신의 일이라면 속 시원하게 인터뷰를 하고 끝냈을 것이지만 어린 자식들의 일이기에 고민을 하는 것이다.

"왜? 인터뷰를 하고 싶어?"

미영은 조심스럽게 아들에게 물었다.

이미 미영과 명수에게 수한은 갓난아기가 아니었다.

아니 갓난아기는 맞지만 이미 자신의 생각을 조리 있게 설명을 할 수 있다는 것을 알기에 존중을 해 주는 것이다.

"응, 너무 불편해! 밖에도 못나가고 답답해! 누나도 친구들도 못 만나고 힘들지?"

수한은 명수와 미영을 보며 대답을 하다 나중에는 자신

의 옆에 있는 수정을 보면서도 의견을 물었다.

그런 수한의 질문에 수정도 벌써 일주일째 친구들을 보지 못해 답답했다.

그랬기에 수한이 무슨 생각에 그런 질문을 했는지 생각지 않고 고개를 끄덕이며 대답했다.

"응, 민수도 보고 싶고, 선희도 보고 싶고, 친구들 모두 보고 싶어!"

수정의 대답을 듣고 고개를 돌린 수한의 모습에 명수는 잠시 이런 수한을 쳐다보았다.

'허허, 누가 수한이를 생후 2개월이라고 믿을까?'

명수가 생각하기에 자신의 아들 수한은 정신연령이 누나인 수정이보다 더 높아 보였다.

마음 씀씀이나 생각하는 폭이 일반 아이들과는 궤를 달리했다.

아니 지금과 같은 말을 할 때면 자신보다 더 어른 같아 보이기까지 하였다.

"알았다. 그래, 너무도 불편하니 기자들과 인터뷰를 해서 이런 일이 없게 약속을 받자."

"응."

"그래요."

명수의 말이 떨어지기 무섭게 수정과 미영이 대답을 했다.

한편 수한은 인터뷰를 하자고 말을 꺼냈지만 기자들을 만나서 인터뷰를 할 때 조심을 해야 한다는 것을 상기했다.

I.붓을 통해 학습을 할 때 읽었다.

일부 기자들 중에서는 인터뷰의 의견과 상관없이 자신의 생각을 기사로 내는 기자들이 있다고 하였다.

그러니 그런 사람들에게 자신을 최대한 숨기면서 그들이 알고 싶은 정보를 적절하게 들려줘야 했다.

그리기 위해서는 어느 선까지 자신의 능력을 보여 줄 것인지 결정을 해야 한다.

수한이 이렇게 생각을 하고 있을 때, 밖으로 나갔던 명수가 기자들을 데리고 집으로 들어왔다.

한편 기자들은 그렇게나 인터뷰를 하려고 해도 아무런 말도 하지 않던 수한의 가족들이 먼저 인터뷰를 하겠다고 자신들을 집 안으로 불러들이자 얼씨구나 하고 안으로 들어왔다.

비록 연예인의 가십거리 기사는 아니지만 현재 전 국민이 궁금해하는 천재아기의 모습을 신문 1면에 장식할 수만 있다면 판매부수는 자신했기 때문에 눈에 불을 켜며 자리를 잡았다.

4인 가족이 살던 집에 6명이나 되는 기자들이 들어오자 거실은 금방 북적해지고 시끄러워지기 시작했다.

그런 기자들의 모습을 보던 수한은 인상을 찡그렸다.

예민한 아기의 귀에 성인 여섯 명이 떠드는 소리는 천둥소리에 못지않은 소음이었기 때문이다.

"아이, 시끄러!"

작은 목소리였지만 기자들은 그 목소리를 똑똑히 들었다.

"헉! 아기가 말을 한다."

"그러게 대한 영재 학원의 원장 말이 사실이었어!"

기자들은 강대한의 말을 쉽게 믿으려 하지 않았다.

설마 생후 2개월이 조금 넘은 아기가 말을 한다는 것은 말도 되지 않았기 때문이다.

그런데 지금 한눈에 봐도 태어난 지 얼마 되지 않아 보이는 아기가 자신들이 떠드는 소리에 한소리 한 것이다.

그 광경에 너무 놀란 나머지 기자들은 그렇게 몇 마디를 하고 입을 다물었다.

"자자, 일단 궁금한 점이 있더라도 질서를 지켜 주시기 바랍니다."

명수는 일단 인터뷰를 하기로 했으니 원만한 인터뷰를 위해선 질서를 잡아 줄 필요가 있었다.

언제까지 이들에게 시달리며 생활할 수는 없었기에 오늘 하루에 모든 일을 끝내고 싶었다.

그러기 위해선 이들이 자신의 말에 잘 따라 줘야 했다.

"일단 이곳에 계신 기자 분들이 모두 여섯 분이니 개인 당 두 가지 질문을 받고 더 이상 저희 가족이나 아이들에 관한 이야기가 나오지 않았으면 합니다."

명수의 말에 기자들은 숙연해졌다.

강대한 원장의 말만 듣고 취재를 위해 그렇게나 극성스 럽게 이들 가족을 몰아붙였는데, 명수는 끝까지 예의를 지 키며 말을 하는 모습에 반성을 하게 되었다.

"보시다시피 아이 엄마도 해산을 한 지 얼마 되지 않아 힘든 시기고, 또 아이들이 아직 어립니다. 그러니 질문은 간단하게 해 주시기 바랍니다."

명수의 진행으로 인터뷰가 시작되었다.

"조아 일보의 김신행 기자입니다. 대한 영재학원의 강대 한 원장님이 말씀하신 것이 사실입니까?"

기자는 이미 수한이 하는 이야기를 들었지만 다시 한 번 확인을 하고 싶었는지 내용을 물었다.

그런 김신행 기자의 질문에 명수가 대답을 하였다.

"보시는 바와 같이 맞습니다."

"그럼 정말로 이 아기가 생후 2개월 된 아기가 맞다는 말씀이시죠?"

"그렇습니다. 아니 정확하게 1개월 하고 2주 조금 넘었습니다."

명수는 기자의 질문에 수한의 정확한 출생일을 들려주었다.

그러자 또 다른 기자가 손을 들고 질문을 하였다.

조아 일보의 김신행 기자는 다른 질문을 하고 싶었지만 이미 자신에게 할당된 질문의 수가 모두 끝났기에 그에게는 권한이 없었다.

"역대 영재 테스트 소모시간을 계산하기로는 최단시간에 모든 테스트를 맞혔다고 하던데, 얼마나 걸린 것입니까?"

조금은 세부적으로 들어간 질문이지만 그 또한 명수는 막힘없이 대답을 하였다.

"제가 따로 재 본 것은 아니지만 상당히 빠른 것이라 들었습니다."

"아, 그렇군요. 그럼 다른 질문을 하겠습니다. 조금 전 아기가 무척 말을 잘하던데 언제부터 아기가 말을 하기 시작한 것입니까?"

기자는 조금 전부터 고개를 갸웃거리며 수한을 잠깐씩 힐긋 거리며 쳐다보았었다.

조금 전 들었던 수한의 말이 충격적이었기 때문이다.

"그게 아마도 생후 1개월쯤부터 말을 했던 것 같습니다."

기자의 질문에 대답을 한 명수의 말이 끝나기 무섭게 남은 기자들이 달려들 듯 질문을 쏟아 냈다.

참으로 놀라운 일이기 때문이다.

"영재 테스트에서 최고 등급을 받았는데, 혹시 IQ테스트를 받아 보실 의향은 없으십니까?"

기자의 질문에 명수는 고개를 흔들었다.

지금도 이렇게 힘든데, 또 어떤 결과를 초례하려고 IQ테스트를 받는단 말인가?

이런 고생은 한 번으로 충분했다.

머리가 똑똑하면 어떻고 또 좀 떨어지면 어떤가? 그래도 내 자식인데.

그런 생각을 가지게 되었으니 더 이상의 테스트는 무의미했다.

지금도 명수나 미영은 아이들에게 영재 테스트를 받게 한 것을 후회하고 있었다.

하지만 두 사람의 생각과는 다르게 기자들에게는 모든 것이 뉴스거리라 답변을 하는 명수의 일거수일투족을 놓치지 않겠다는 듯 노려보았다.

6.
백화점을 가다

정명수는 기자들과 인터뷰를 하면 쉽게 해결이 될 것으로 생각을 했다.

하지만 이런 수한의 생각은 보기 좋게 빗나갔다.

오히려 타오르는 불에 기름을 부은 격으로 더욱 사람들의 관심을 불러일으켰다.

그 때문에 방송에도 몇 번 출현하고 여러 군데 병원에서 연락이 오기도 했다.

뿐만 아니라 대학병원에서도 연락이 왔지만 수한의 부모는 그런 연락은 단호하게 거부를 하였다.

자신의 자식을 연구하겠다는데 어떤 부모가 그 상황에서 허락을 할 수 있겠는가?

수한의 아빠인 정명수는 더 이상 이대로 가다가는 사고가 날 것만 같았다.

이제 겨우 생후 6개월도 되지 않은 수한이 탈이라도 난다면 정말이지 참을 수가 없을 것 같았기 때문이다.

이런 생각에 망설이던 정명수는 그동안 의절하고 지내던 그의 아버지를 찾아가기로 결심을 했다.

정명수는 자식들의 미래를 자신이 결정하려는 듯한 아버지의 태도에 반발해 자신의 아버지와 의절을 하고 독립을 하였다.

정명수의 집안은 오래전부터 인재양성에 힘을 쏟아 현재에는 정관계 요소요소에 양성한 인재들을 두루 포진시켜 규모에 비해 많은 영향력을 행사하고 있었다.

정명수의 아버지는 가문을 대한민국 최고로 만들기 위해 자식들에게 정략결혼을 강요했다.

이 과정에서 이미 미영과 같은 관계에 있던 정명수는 아버지의 말에 반발하였다.

사랑하는 사람과 헤어질 수 없다는 이유에서였지만 이미 그의 아버지는 정명수가 반발할 것을 알고 미영을 만나 헤어질 것을 종용했다.

정명수의 아버지는 엄청난 야심을 가지고 있었는데, 자신의 대에 업계 1위인 성삼그룹에 버금가는 기업을 일구고 자신의 후대에는 꼭 성삼그룹을 추월해 대한민국에서만이라도 최고는 자신의 집안이란 말을 듣게 하고픈 야심을 가지고 있었다.

그래서 한때 지금의 아내 미영과 헤어질 뻔도 하였다.

당시 명수의 집안에 대해 알지 못했던 미영은 명수의 배경을 듣고 난 뒤 두려움에 명수를 멀리했었다.

뒤늦게 자신의 아버지 때문에 그 사실을 알게 된 명수는 그 일로 아버지와 인연을 끊었다.

집안의 성세도 중요하지만 그 때문에 자식의 인생을 예단하려는 아버지의 행동에 실망을 했기 때문이다.

하던 공부도 포기하고 미영과 새로운 삶을 살기 위해 전공을 바꿔 외무고시를 보았다.

가문의 기업을 이끌기 위해 경영학을 공부하였지만 아버지와 의절을 한 뒤로 아버지의 방해로 일반적으로 직장에 취직하기란 불가능할 것을 알기에 전공을 바꾸었다.

그리고 2년을 공부해 당당히 외무고시를 합격하였다.

공무원이 된다면 아무리 대단한 자신의 집안이고 또 아버지의 방해가 있다고 하지만 한계가 있을 것이기 때문이다.

외무고시에 합격한 정명수는 많은 유혹이 있었지만 주변의 유혹을 뿌리치고 자신을 뒷바라지했던 미영과 결혼을 하였고 또 사랑의 결실을 보았다.

이렇게 10년 가까이 의절을 하고 살았는데, 자식의 일로 연락을 해야 할 것인가, 말 것인가, 고민을 하게 되었다.

정명수가 이렇게 가족들의 안위를 생각하며 고민을 하고 있을 때, 수한은 또 다른 생각에 골몰했다.

이제 겨우 4개월이 되어 가는 그는 시간이 너무도 가지 않아 미칠 지경이었다.

아니, 시간이 가지 않는 것에 불만이 있는 것이 아니라 아기의 몸인 것이 불만이었다.

어디를 가든 누군가의 도움이 있어야 하고, 또 보호를 받아야 한다.

하고 싶은 것은 많은데 제한이 많았다.

이번 일만 해도 그렇다. 자신의 몸이 조금만 컸더라면 하는 생각마저 들었다.

그렇다면 사람들의 관심에서 벗어날 수 있었을 것이란 생각을 하였다.

물론 나이에 비해 키가 크다고 하면 그것도 관심의 대상이 되겠지만 그런 문제쯤은 금방 잊혀질 수 있는 일이었다.

또 그렇게 키가 크다면 나이가 어찌 되었든 머리가 똑똑한 것도 외모에서 풍기는 이미지 때문에 금방 이해를 하고 넘어갈 것이다.

즉, 지금처럼 아기의 몸으로 머리가 똑똑하다는 것보다는 주목을 덜 받고 사람들의 관심에서 금방 사라질 것인데 그러지 못한 것에 여간 아쉬운 것이 아니다.

더욱이 아기의 몸이라 혼자 뭔가를 할 수가 없다.

이미 I.봇을 통해 이 세계에 관한 많은 것을 알게 되었다.

수한이 이 세계에 대한 결론은 이 세계도 전생의 세계와 별반 다르지 않다는 것이다.

비록 힘의 형태가 많이 바뀌어 있기는 하지만 인간이 타인의 간섭을 받지 않고 삶을 영위하기 위해선 힘이 있어야한다는 것을 깨달았다.

힘에는 종류가 있었다. 금력, 권력 그리고 무력(武力)이 3가지 중 어느 한 가지만 가지고 있어도 그런 삶에 근접할 수 있다는 것도 알게 되었다.

이제 겨우 4개월밖에 되지 않은 아기가 그런 고민을 하고 있다는 것이 어이가 없기는 하지만 수한의 정신은 이미한 번의 삶을 영위했고 또 그때의 기억을 간직하고 있다 보니 그런 걱정을 하지 않을 수가 없었다.

솔직히 전생에서도 자신의 삶을 온전히 다 누리고 이 세계에 환생을 한 것이 아니기 때문에 더욱 그랬다.

무려 7클래스의 대마도사였던 그도 왕국 간의 전쟁에 휘말려 삶을 종료했다.

타인에 의해 자신의 삶이 방해를 받아 끝난 것이다.

이런 기억을 고스란히 가지고 있는 수한이기에 비록 아기의 몸이지만 미래를 준비하려 한다.

'이번 생은 절대로 전생처럼 타인이 내 삶을 방해하지 못하게 할 거야.'

자신의 요람에 누워 천장에 매달려 돌아가는 모빌을 보며 미래를 계획하기에 이르렀다.

'다른 사람의 방해를 받지 않으려면 힘이 필요해! 그럼 힘을 가지기 위해선 어떻게 해야 할까?'

이런 저런 궁리를 하던 수한은 뭔가 생각이 났다.

'그래, 내게는 남들이 가지지 못한 특별한 것이 있었지?'

수한이 생각한 남들에게 없고 자신에게만 있는 것 그것이 무엇이 있을까?

생각을 하던 그의 뇌리에 떠오른 것이 있었다.

'아! 마법이 있었지? 마법이라면 이 세계에서 나만이 가지는 힘이 될 수 있다.'

비록 이 세계의 무기가 얼마나 대단한 것인지 알 수는

없지만 마법이란 이 세계에는 없고 상상으로만 존재하는 그것을 자신이 가진다면 분명 큰 힘이 될 것이란 생각이 들었다.

그리고 그 마법을 전생의 경지로 수련할 수만 있다면 아무도 자신을 막을 수 없을 것이란 생각이 들었다.

I.봇으로 본 이 세계는 그 정도면 총이란 알 수 없는 무기 앞에서도 충분히 자신을 지켜 낼 수 있을 것이다.

사실 수한은 인터넷을 통해 접한 이 세계의 정보 중 무기를 보며 깜짝 놀랐다.

이 세계에 마법이 없다는 것에 이 세계가 무척이나 무기술이 발전하지 못한 곳이라 생각했다.

그리고 마법도 없는데 어떻게 문명이 이렇게 발전했는지 이해할 수가 없었다.

나중에 그게 과학이란 마법에 비견되는 또 다른 학문 때문이란 것을 알게 되었다.

물론 모든 것을 마법으로 해석하려는 버릇이 있는 수한에게 과학이란 무척이나 귀찮은 비효율적으로 비쳤다.

그냥 자연에 퍼져 있는 마나를 끌어와 자신의 마력을 혼합해 밝히면 되는 빛을 여러 공정과, 복잡한 과정을 거쳐 이룬다는 것을 수한은 이해할 수가 없었다.

그 때문에 수한은 새로운 학문에 관심을 보이던 수한은

금방 과학이란 학문에서 관심을 끊었다.

다시 자신의 본류인 마법으로 시선을 돌린 것이다.

과학이란 알기도 어렵고, 복잡하며 비효율적인 것에 시간을 투자하기보다는 자신이 잘 알고 또 남들이 모르면서도 효율적인 마법에 눈을 돌린 것이다.

더욱이 이미 자신의 몸에는 1클래스의 마법을 시전 할 수 있을 정도로 마력이 쌓여 있었기 때문에 마법에 입문하기도 쉬웠다.

어떤 원인으로 마력이 자신의 몸에 쌓이게 되었는지 이유를 알 수는 없었지만 자신이 깨달은 뭔가에 의한 작용이었다는 것만은 잘 알고 있었다.

눈을 뜨고 첫 사물을 보던 그날 수한은 포근한 느낌과 함께 마나의 향기에 감싸였다.

그리고 그 뒤로 자신의 몸에 1클래스에 해당하는 마력이 싸인 것을 알게 되었다.

전생의 자신보다도 더 마나에 민감한 체질을 태어난 수한은 이렇게 자신이 마법을 익히는 데 최적을 조건을 가지고 태어났다는 것을 잘 알고 있으니 자신의 힘으로 마법을 택하는 것은 어쩌면 당연한 일이었다.

'그래, 마법을 익히자. 이번 생에서는 예전, 아니, 이종족의 한계라는 8클래스도 극복하고 드래곤의 영역이라는

9클래스에 도전을 하는 거야. 비록 8클래스의 마법이나 9 클래스의 마법은 알지 못했지만, 그날 본 마법진을 연구하다 보면 실마리를 얻을 수 있을 것이다.'

수한은 죽기 전 살펴보았던 텔레포트 마법진을 기억하며 그렇게 결심했다.

8클래스 마스터 하이엘프 마법사나 또는 드래곤이 남겨둔 마법으로 생각되는 텔레포트 마법진을 연구하다 보며 충분히 가능성이 있다고 판단하였다.

결심이 선 수한은 마음을 먹자마자 마법 수련에 들어갔다.

일단 관조를 하며 자신의 내부를 살피기 시작했다.

세상에 퍼져 있는 마나를 느끼기 위해선 일단 자신의 내부를 관조해 마나와 비슷한 성질을 가지고 있는 마력을 먼저 느껴야 한다.

비록 마력과 마나가 똑같은 것은 아니지만 대동소이한 느낌을 가지고 있기 때문이다.

이케아 대륙에서 마법사의 마력이나 기사들의 포스의 기본은 마나라 생각했다.

마법사는 자연현상에 대한 법칙을 풀기에 다양한 형태로 마력이 변하고 기사는 강해지고자 하는 일념으로 포스를 쌓기에 마나가 고밀로도 쌓이는 형태로 발현된다고 생각했다.

기사나 마법사 모두 처음 수련을 할 때는 그래서 내부를 관조해야만 했다.

그래야 포스든 마력이든 그 성질을 파악하고 세상에 퍼진 마나를 느낄 것이기 때문이다.

더욱이 현재 수한의 몸에 있는 마력은 너무도 순수해 마력의 기초물질인 마나와 너무도 흡사했기에 금방 몰입을 할 수 있었다.

자신의 마력의 느낌과 마나의 느낌을 알고 있으니 금방 세상의 퍼진 마나가 느껴졌다.

'혼탁해!'

하지만 이 세계의 마나는 전에 느꼈던 것처럼 무척이나 혼탁했다.

몸에 있는 마력과는 맞지 않았다.

조금이라도 더 마력을 얻기 위해선 이렇게 혼탁해진 마나를 정제할 필요가 있었다.

하지만 아기 몸으로는 이런 더러운 마나를 몸에 받아들이고 정화하기란 불가능했다.

'마나가 너무 탁해서 아직 받아들일 수 없는데 어떻게 하지?'

마법을 익히기로 결심한 수한에게는 정말이지 난감한 문

제가 아닐 수 없었다.

　마나가 조금만 덜 탁했어도 받아들여 정화해서 조금이라
도 몸에 쌓을 수 있었을 것이지만 현재 느껴지는 마나의
느낌으로는 몸에 받아들이면 바로 탈이 난다고 경고를 하
고 있었다.

　수한이 이렇게 요람에서 혼자 자신만의 문제로 낑낑거리
고 있을 때, 거실에 있던 명수는 명수대로 현재 처한 문제
를 해결하기 위해 고민을 하였다.

　영등포 일대를 잡고 있는 두꺼비파의 두목 최상호는 뭐
가 그리 기분이 나쁜지 부하들을 향해 화를 내고 있었다.

　"야! 이 새끼들아! 니들 일 똑바로 안 할 거야?"

　"죄송합니다. 형님! 하지만 망치파 놈들이 방해를 하는
바람에……."

　두목 최상호의 호통에 두꺼비파 2인자인 족제비 김영수
가 대답을 했다.

　하지만 그 대답이 최상호를 더욱 화가 나게 만들었다.

　영등포를 지역구로 하는 두꺼비파와 신도림에 자리 잡고
있는 망치파는 지역 라이벌이자 철천지원수였다.

한때는 최상호와 망치파 두목인 망치 김인수는 둘도 없는 친구이자 단짝이었다.

하지만 한 산에 두 마리 호랑이가 살지 못한다고 하였다.

어쩔 수 없는 깡패인 이들의 우정은 돈 앞에 스러졌다.

발전하는 신도림 지역을 두고 다투던 두 사람은 결국 칼부림까지 일어나게 되었고 그 과정에서 최상호의 동생 최중호가 불구가 되었다.

김인수는 싸움에 우위를 점하기 위해 최상호의 동생을 미끼로 사용했다.

아직 중학생인 최중호를 납치해 미끼로 사용한 것이다.

예전에야 이런 것이 건달답지 않다고 해서 지탄을 받았지만 지금은 그런 것이 없었다.

상대의 약점을 찌르고 거꾸로 트리는 것만이 깡패들에게 최고의 병법이 된 세상이다.

그러니 김인수는 자신의 본분에 맞게 행동을 한 것이고, 또 목적을 이루었다.

예전이야 신도림보다 영등포가 더 큰 구역이었지만 지금은 영등포는 죽어 가는 상권이고 신도림이야말로 날로 발전하는 기회의 땅이었다.

결국 약점을 잡힌 최상호는 김인수에게 신도림이란 맛있

는 파이를 뺏길 수밖에 없었다.

그리고 그렇게 두 사람은 친구에서 원수가 되었다.

그런데 지금 2인자인 영수가 원수인 김인수가 만든 조직을 언급한 것이다.

"겨우 망치파가 방해를 했다고 변명을 하는 것이냐?"

"형님! 겨우가 아닙니다. 그놈들의 숫자가 저희보다 배는 더 많았습니다. 더욱이 기습을 받은 경우라 어쩔 도리가 없었습니다."

"그렇다고 부하들이 싸우고 있는데 도망쳤다고?"

최상호는 지금 영수의 말에 기가 막혔다.

아무리 배가 많은 적이 쳐들어왔다고 해도 명색이 조직의 2인자인데 부하도 버리고 도망쳤다는 것이 말이나 되는 소린가.

그것을 변명이라고 하는 것인지 할 말이 없었다.

차라리 구원요청을 했다면 이렇게 화가 나지는 않았을 것이다.

해보지도 않고 도망부터 친 김영수를 내려다보는 최상호의 눈에 살기가 띠기 시작했다.

"이런 개새끼 머리가 잘 돌아간다고 그 자리에 앉혀 뒀더니 하는 짓이라고는 양아치만도 못하다니……. 넌 새끼야, 제명이야! 야, 이 자식은 건달도 아니다. 치워 버려!"

"혀, 형님! 잘못했습니다. 한 번만 용서해 주십시오. 제발!"

김영수는 최상호의 제명이란 말에 깜짝 놀라며 무릎을 꿇고 빌었다.

조직에서 제명이란 말은 평생 불구로 살아가야 한다는 말이나 다름없었다.

더욱이 두꺼비파의 강령에는 제명이 될시 다른 조직처럼 사지근맥을 자르는 것 외에도 조직의 비밀을 발설하지 못하게 혀를 잘랐다.

즉, 팔다리의 인대가 잘려 신체의 불구는 물론이고 강제로 벙어리가 된다는 소리였다.

신체 조건이 다른 조직원에 비해 뛰어나지는 못했지만 머리가 잘 돌아가 2인자가 된 김영수에게 이 말은 사형 선고나 다름이 없었다.

더욱이 조직의 2인자라고 하지만 김영수는 여느 깡패들과 똑같이 돈을 흥청망청 써 왔기에 모아 놓은 재산도 없었다.

이런 상태에서 불구가 된다면 앞날은 뻔했다.

그 때문에 이렇게 최상호의 다리를 붙잡고 애원을 하는 중이다.

"뭣들 하고 있어! 처리하지 않고!"

최상호의 날선 호통에 주변에 있던 조직원들이 서서히 김영수의 곁으로 다가섰다.

김영수를 붙잡은 조직원들이 김영수를 최상호에게서 떼어 내 사무실 밖으로 끌고 가려고 하였지만, 필사적인 김영수는 최상호를 발을 붙잡고 놓지 않았다.

따르릉따르릉!

막 자신을 붙잡고 있는 김영수를 내려치려던 순간 전화벨이 울렸다.

"누구지?"

전화벨이 울리자 고개를 갸웃거리며 전화를 받았다.

"여보세요, 최상호입니다."

전화를 받은 최상호 그런데 전화기 너머에서 들려온 목소리를 들은 최상호의 얼굴이 조금 전과 180도 다르게 아주 밝아졌다.

"예, 사장님! 가능합니다."

고개까지 끄덕이면 뭐가 가능하다는 것인지는 모르겠지만 아마도 누군가의 의뢰가 들어온 것 같았다.

더욱이 조금 전 조직이 관리하던 영업장을 원수인 망치파에 뺏겨 화를 내고 있던 최상호의 표정이 밝아진 것을 보니 결코 청부 액수가 결코 작지 않은 의뢰인 것 같았다.

분위기가 바뀌자 부하들은 잠시 대기를 했다.

괜히 의뢰를 받고 있는 중에 방해를 해 최상호의 기분을 상하게 했다가 어떤 해코지를 당할지 모르기 때문이다.

"알겠습니다. 수일 내로 가져다드리겠습니다."

어떤 물건에 대한 청부였던 듯 최상호는 수락을 하였다.

전화를 끊은 최상호는 아직도 자신의 다리를 붙잡고 있는 김영수를 보다 말을 했다.

"영수, 네게 기회를 주겠다."

"그게 무엇입니까?"

사형선고나 다름없는 제명 선고를 받았던 김영수는 기사회생의 기회가 왔다는 생각에 물었다.

그런 김영수의 말에 최상호는 가볍게 말을 하였다.

"별거 아니고, 애새끼 하나 납치하는 것이다."

"납치요?"

김영수는 기회라는 말에 눈을 반짝이며 자신이 할 일에 대하여 물었다.

그런데 납치를 하라는 것이었다.

더욱이 그냥 성인도 아니고 애새끼라고 말을 하는 것을 보니 대상이 미성년으로 보였다.

그 때문에 고민을 하던 김영수는 어차피 이 일을 하지 않으면 자신은 끝이었다.

납치를 하다 걸리면 감방에 가면 그만이다.

하지만 조직에서 제명이 되면 그대로 끝나는 것이 아니라 죽을 때까지 병신으로 살아야 한다는 것에 망설이지 않고 최상호의 제안을 받아들였다.

"형님, 그 일 제가 하겠습니다. 누굽니까?"

"그래, 그럼 네가 하는 것으로 하고, 이 일만 잘하면 네 잘못도 용서해 주지."

최상호의 말에 김영수는 어금니를 깨물고 떨리는 마음을 다잡았다.

이것이 자신에게는 마지막 기회라는 것을 알고 김영수는 최상호의 말에 귀를 기울였다.

기자들 때문에 집에서도 편히 쉬지를 못하는 것 때문에 고민을 하던 명수는 결심을 하고 부인인 미영을 불렀다.

"미영아! 잠시 이야기 좀 하자!"

미영은 남편이 심각한 표정으로 자신을 부르며 이야기를 하자고 하지 잔뜩 긴장을 하며 그의 곁으로 가 물었다.

"무슨 일 있어요?"

일을 마치고 집에 와서 무언가 고민을 심각하게 하던 남편의 부름이기에 긴장을 한 것이다.

"다름이 아니라…… 이대로는 안 되겠어. 다른 사람들의 관심 때문에 정작 우리 가족이 불편하고, 또 한참 민감한 때인 수정이나 수한이, 그리고 몸조리해야 할 당신까지 도저히 참을 수가 없네……."

남편의 말을 듣고 있던 미영은 아이들과 자신을 걱정하는 남편의 말에 너무도 고마웠다.

사실 말은 하지 않았지만 자신만 아니었다면 재벌가 아들인 남편이 이런 고생을 하지 않을 수도 있었다는 죄책감을 평생 가지고 살아야 할 자신인데 이런 남편의 아낌없는 사랑에 너무도 고마웠다.

"어떻게 하시려고요?"

가족을 걱정하는 남편의 말이지만 어떻게 하려는 것인지 걱정이 되었다.

아무리 5급 공무원인 외무부 사무관이라고 하지만 함부로 했다가는 승진에 영향이 있을 것이 분명한데, 남편의 모습은 사뭇 위태위태해 보였다.

하지만 명수의 말을 듣고 조금은 안심이 되었다.

"아무래도 아버지께 도움을 청해야 할 것 같아."

"아버님이…… 저희를 도와주실까요?"

남편의 말에 걱정을 덜기는 했지만 또 다른 의미에서 걱정이 되었다.

왜냐하면 10년 전 남편은 자신과 헤어지라는 시아버지의 명령을 무시하고 자신과 결혼을 했기 때문이다.

권위적인 시아버지의 말씀에 정면으로 반발을 한 것은 차지하고 끝내는 의절까지 했기 때문이다.

"나야 미워하겠지만 그래도 손자의 일인데 들어주시지 않을까?"

"하지만…… 수정이 때도 그렇고 아직도 아버님 화가 안 풀린 것 같은데, 저희의 부탁을 들어주실까요?"

미영은 예전 일이 생각나 불안한 마음에 그렇게 물었다.

사실 5년 전 수정이가 태어났을 때 시아버지에게 용서를 구하고 자신들의 결혼을 인정해 달라고 찾아간 적이 있었다.

하지만 당시 시아버지는 자신들을 보려고 하지 않으셨다.

이런 기억이 있기에 미영은 불안한 마음에 남편에게 그리 말을 하였다.

"그래도 세월이 흘렀으니 조금은 누그러들었겠지. 그리고 이렇게 귀여운 손자인데 혹시 풀어지지 않았을까?"

남편의 말에 미영은 조금은 망설여졌지만 일단 남편의 말을 따르기로 했다.

가장의 말을 들어주는 것이 아내의 도리라 생각하기에

그의 말을 따르기로 결정한 것이다.

"알겠어요. 그럼 아버님을 뵈러 가기 전 수한이 옷 좀 사야겠어요."

"그래, 그러고 보니 당신도 이참에 새로 옷 한 벌 사고, 우리 수정이도 새 옷을 한 벌 사."

명수는 이왕 아버지를 찾아뵈러 가려면 새 옷이 필요하겠다는 생각에 이참에 가족 모두 새 옷을 한 벌 맞추기로 했다.

"알았어요. 그럼 내일 낮에 아이들 하고 함께 백화점에 가서 골라 볼게요."

"그래, 될 수 있으면 화려하지 않고 단정한 것으로 골라봐. 당신이야 어떤 것을 입어도 다 잘 어울리겠지만."

"어머! 당신은……."

남편의 말에 미영은 뭐가 그리 부끄러운지 볼이 붉게 물들었다.

"내일 백화점에 가는 거야?"

"그래, 백화점 가서 우리 수정이하고 수한이 새 옷 사입자?"

"와! 신난다."

백화점이란 말에 거실에 있던 수한은 그게 무언지 모르기에 고개를 갸웃거리고 있었지만 수정은 오랜만에 엄마와 백화점에 쇼핑을 간다는 말에 신이 났다.

아직 어리긴 하지만 여자는 여자인지 수정도 백화점에서 쇼핑을 하는 것을 무척이나 좋아했다.

'내일 백화점이란 곳을 가는구나! 그런데 그곳이 뭐하는 곳이지? 인터넷에서 보긴 했지만 정확이 무엇을 하는 곳인지 모르겠는데…… 내일이면 알 수 있겠지.'

수한은 그동안 I.봇을 통해 많은 공부를 하였다.

인터넷에는 많은 정보를 배울 수 있었지만 아직까지 수한이 그 뜻을 모르는 것도 많았다.

그도 그럴 것이 수한이 지식을 얻는 방법은 I.봇을 통해 습득한 지식을 환생 전, 그러니까 이케아 대륙에서 제로미스로 살 당시의 경험과 지식을 바탕으로 현생의 지식을 판단 습득하다 보니 이케아 대륙에 없던 정보는 아직 파악을 하지 못하고 있던 것이다.

조금 전 부모님의 말씀에 나온 백화점도 그중 하나다.

이케아 대륙에는 백화점이란 단어가 없었기 때문에 그것이 무엇을 뜻하는 말인지 아직은 몰랐다.

다만 인터넷에 나온 사진을 통해 시장과 비슷하게 물건을 파는 곳이란 느낌을 받았을 뿐이다.

"수정이는 엄마 하고 너무 떨어지면 안 된다."

"응, 엄마 옆에서 구경할게!"

"그래."

백화점에 도착한 미영은 수정을 보며 그렇게 당부를 했
다.

자신은 수한이 타고 있는 유모차를 몰아야 하기 때문에
수정에게 많은 신경을 써 줄 수 없기에 그렇게 당부를 하
는 중이다.

그런 엄마의 말에 수정도 엄마가 무엇 때문에 그런 말을
하는 것인지 깨닫고 엄마 주변에서만 구경을 하겠다고 대
답을 하였다.

"그럼 약속!"

"응, 약속!"

미영은 수정을 향해 새끼손가락을 펴 보이며 약속이라고
외쳤고, 수정은 그런 미영의 손가락에 자신의 손가락을 걸
며 약속했다.

백화점 앞에서 그런 모습을 보이는 모녀의 모습이 너무
귀여워 이를 사진에 담는 사람들도 있었다.

"출발!"

"그래, 출발!"

수정은 뭐가 그리 신이 난 것인지 출발이라고 외치며 백화점 안으로 향했다.

 유모차에 타고 있는 수한도 호기롭게 출발을 외치는 누나 수정 못지않게 무척이나 기대가 되었다.

 드디어 백화점이란 곳에 대하여 알게 된다는 생각에 눈이 반짝반짝 빛났다.

 한편 행복한 표정으로 백화점에 들어가는 이들의 모습을 지켜보고 있는 시선이 있었다.

 물론 수한의 천재성 때문에 아직도 수한을 취재하려는 기자 몇 명이 수한 가족의 백화점 나들이를 먼발치에서 따라붙었지만, 이들 말고도 수한 가족을 노려보는 이가 있었다.

 조직 간의 싸움에서 자신이 지키던 업소를 빼앗긴 김영수였다.

 한때는 영등포 두꺼비파의 2인자였던 그이지만, 적이 쳐들어왔을 때 업소를 지키려는 동생들을 놔두고 자신만 도망쳤다.

 그 때문에 그는 조직에서 쫓겨날 처지에 놓였다가 의뢰를 해결하면 무사히 놓아 준다는 말에 의뢰를 해결하기 위해 이곳에 나왔다.

 그가 맡게 된 의뢰는 다름 아닌 요즘 한창 뉴스와 신문을 떠들썩하게 만든 천재아기를 납치하는 것이었다.

물론 아기의 가족에게 돈을 요구하는 유괴가 아니라 자세하게는 모르지만 어딘가의 연구소에서 아기를 연구하기 위해 납치를 의뢰한 것이다.

김영수는 아기를 납치해야 한다는 것이 조금 찜찜하긴 했지만 자신이 살아야 하기에 그런 마음을 접었다.

그리고 아기를 납치하기 위해 아기가 살고 있는 집 주변을 배회하다 이렇게 기회를 얻어 백화점까지 쫓아온 것이다.

물론 유명한 아기이기 때문에 파파라치들도 주변에 있기에 자칫 잘못하다가는 자신이 아기를 납치하는 모습을 찍힐 수 있었다.

그렇게 되면 납치에 성공하더라도 자신의 인생은 끝장이 나는 것이다.

영유아 납치는 최소 형량이 5년이다.

더욱이 납치대상인 이 아기처럼 유명하다면 더 위험했다.

잘못했다가는 죽을 때까지 감방에서 썩을 수도 있었기 때문이다.

그래서 두꺼비파 두목인 최상호가 자신을 살려 두는 대신 이 의뢰를 맡긴 것이다.

이미 자신은 조직에서 재명이 된 상태이기에 잘못되었을 때 꼬리를 자르면 그만이기 때문이다.

어차피 자신도 살기 위해선 최상호가 시켰다고 밀고를 할 수도 없었다.

개똥밭에 굴러도 이승이 낫다고 죽는 것 보다는 평생 갇혀 있다고 해도 감방에 있는 것이 훨씬 나은 선택이기 때문에 폭로를 할 수는 없었다.

그러니 일을 하려면 확실하게 하여 붙잡히지 않는 것이 최선이다.

'제길, 납치는 처음인데…….'

김영수는 멀리서 목표인 수한을 보며 속으로 그렇게 외쳤다.

깡패이긴 했지만 소심하여 앞에 나서지 못하고 뒤에서 잔머리만 굴려 보았던지라 오늘 아기를 직접 납치를 하려니 무척이나 떨렸다.

사실 지금이 전에 자신이 관리하던 업소를 망치파에게 습격당했을 때 보다 더 떨렸다.

그때 당시 김영수가 비록 도망치긴 했지만 초반부터 도망쳤던 것은 아니다.

자신의 주변에 조직의 부하들도 있었기에 처음에는 호기롭게 싸우기도 했다.

하지만 점점 부하들이 하나둘 쓰러지자 그때서야 부하들을 놓고 도망을 쳤던 것이다.

그런데 지금은 그런 부하들이 한 명도 없었다.

이미 조직에서 퇴출이 예약된 김영수이기에 최상호는 그에게 부하를 붙여 주지 않았다.

지금까지 깡패 생활을 하면서 한 번도 이렇게 혼자 모든 일을 해 본 적이 없던 김영수는 지금 심장이 무척이나 두근거렸다.

혹시나 자신이 아기를 납치하려는 것을 누군가 지켜보고 있는 것은 아닌지 불안했다.

김영수는 도저히 떨리는 마음을 주체 할 수가 없어 약국으로 들어갔다.

떨리는 마음을 진정시키기 위해 청심환을 사먹기 위해 약국을 찾은 것이다.

목푠느 이제 쇼핑을 하기 위해 백화점에 들어갔으니 시간은 충분했다.

"청심환 하나 주세요."

"네."

탁.

그 자리에서 드링크와 함께 청심환을 먹었다.

마음이 그래서 그런지 아니면 약효가 빨리 도는 것인지

조금은 진정이 된 것 같았다.

'이번이 마지막이야! 이 일만 하고 지방으로 잠수를 타면 아무도 모를 거야!'

김영수는 속으로 그렇게 떨리는 마음을 달래기 위해 자기 최면을 걸었다.

"후!"

몇 번을 그렇게 속으로 다짐을 하다 보니 어느 순간 마음이 차분해지는 것을 느꼈다.

'가자!'

마음이 진정이 되자 본격으로 일을 하기 위해 백화점 안으로 들어갔다.

1층에 들어선 영수는 주변을 살폈다.

1층에는 목표의 모습이 보이지 않았다.

'아기 용품점으로 갔나 보군!'

1층의 패션 잡화 코너에는 수한이나 미영의 모습이 눈에 띄지 않았다.

그렇기에 바로 아기용품점이 있는 3층으로 향했다.

2층은 여성복 코너이긴 하지만 엄마인 미영이 아기를 위해 아동복과 아기용품이 있는 3층으로 먼저 향했을 것이라 생각했다.

확실히 김영수는 이런 쪽으로 머리가 잘 돌아갔다.

보통 남자들이나 깡패들은 이런 생각 보다는 1층에 보이지 않으면 그다음은 2층을 찾고 이렇게 차근차근 층을 살피며 올라갔을 것이지만 김영수는 그렇게 살피지 않고 바로 3층에 있는 아기용품점 주변을 살피러 3층으로 올라갔다.

역시나 그의 예상대로 미영과 아기는 그곳에 있었다.

'저기 있군!'

목표를 발견하긴 했지만 선뜻 그 주변으로 다가갈 수가 없었다.

그 이유는 귀여운 아기를 본 사람들이 그 주변에 많이 몰려 있었기 때문이다.

'사람들이 너무 많군!'

영수가 보기에 주변에 사람이 너무나 많았다.

그렇기 때문에 아기를 납치하기가 너무도 힘들어 보였다.

"어머! 너 몇 살이니?"

"아기 몇 살이에요?"

김영수가 수한을 납치할 시기를 가늠하고 있을 때 수한을 태운 유모차 주변에는 쇼핑을 나왔던 사람들이 수한을 구경하며 그렇게 말을 걸고 있었다.

"수한이는 한 살이에요."

유모차 옆에 꼭 붙어 있던 수정이는 주변에서 동생에 대해 물어볼 때만다 자신이 직접 질문에 대답을 했다.

"어머, 여기 누나도 너무너무 귀엽고 예쁘게 생겼네!"

질문을 했던 아가씨들이나 아줌마들은 그런 수정을 보며 예쁘다고 칭찬을 했다.

"감사합니다."

그런 사람들의 칭찬에 수정은 배꼽인사를 하며 감사해했다.

"어머, 인사하는 것 좀 봐! 참 예의도 바르지!"

"그러게 말이야! 새댁은 좋겠어!"

수정이 인사를 하는 것을 본 아주머니들은 그런 수정을 다시 한 번 칭찬을 하고 이번에는 수정이뿐 아니라 엄마인 미영까지 칭찬을 하며 좋겠다는 덕담을 했다.

옷을 사러 나왔다가 때 아닌 수난을 겪게 된 미영이지만 자신의 자식을 칭찬하고 또 예뻐하는 사람들의 반응에 너무도 행복했다.

이렇게 때 아닌 팬들이 생기며 아동복과 아기용품이 있는 점포들을 둘러보았다.

그런데 참으로 특이한 현상이 하나 있었다.

같은 옷이라도 수정이와 수한이가 입으면 무척이나 고급스러워 보인다는 것이었다.

확실히 아기도 잘생기고 봐야 하는 것 같았다.

3층에 있는 옷은 모두 수한과 수정을 위해 만들어진 옷마냥 무척이나 둘에게 잘 맞았다.

그래서 그런지 옷을 입혀 보고 매무새 살필 때마다 주변에서 수정수한 남매를 찍기 위해 휴대폰을 들이밀었다.

끝나지 않는 잔치 없다고, 시간이 흐르자 주변에 있던 인파는 하나둘 떨어져 나갔다.

그들도 일정이 있기에 언제까지 수한이 가족을 따라다닐 수는 없었던 것이다.

그리고 수한도 장시간 마치 패션모델이 패션쇼를 하듯 많은 옷들을 입어 지쳐 잠이 들었다.

귀여운 수한이 잠이 들자 그 모습을 잠시 휴대폰 메모리에 넣고는 사람들도 흩어졌다.

사람들의 관심사 중 하나였던 수한이 잠들자 흥이 깨진 것이었다.

하지만 아직도 의욕에 넘친 미영과 수정은 잠든 수한을 유모차에 태우고 계속해서 3층을 누비고 다녔다.

한편 수한을 납치할 순간을 노리기 위해 조금 떨어진 곳에서 예의주시하던 김영수도 지치기는 마찬가지였다.

'제길…… 알 수가 없단 말이야! 어떻게 여자들은 이렇게 장시간 같은 곳을 쉬지도 않고 걷고 또 걸을 수 있는

것이지?'

김영수는 사람들 때문에 수한의 곁으로 가까이 가지도 못하기에 멀찍이 떨어져 쳐다보기만 했는데도 지쳤다.

그런데 정작 미영과 어린 수정은 지치지도 않고 아직도 백화점 내 점포를 여기저기 기웃거리며 옷을 고르고 있었다.

주변에 사람들이 사라지자 김영수는 본격적으로 수한을 납치하기 위해 접근을 하였다.

"엄마! 나 쉬!"

한참 쇼핑을 하던 수정은 엄마를 부르며 오줌이 마렵다고 하였다.

"어서 화장실로 가자."

미영은 수정이 보채자 화장실로 향했다.

백화점 화장실이라는 것이 그렇게 큰 공간이 아니기에 아기 유모차까지 가지고 들어가기에는 조금 좁은 느낌이 들었다.

"이를 어쩌나……."

미영은 화장실 앞까지 갔지만 주변에 사람들의 모습이 보이지 않아 난감해졌다.

"엄마 나 쉬!"

유모차를 맡길 곳이 없어 난감해하는 미영에게 수정은

아랫배를 움켜잡으며 화장실이 급한 표정을 지었다.

미영은 그런 수정을 보며 하는 수 없이 수한을 근처 매장 직원에게 맡길 수밖에 없었다.

"저기요. 죄송한데 잠시 아기 좀 봐 주시겠어요? 딸아이가 화장실이 급해서 그런데……."

미영은 매장 직원에게 부탁을 하며 사정 이야기를 했다.

"네, 알겠습니다, 고객님."

친절한 매장 직원이 자신의 부탁을 들어주겠다고 하자 미영은 감사의 인사를 하고 수정을 데리고 화장실로 들어갔다.

이런 모습을 근처에서 지켜보던 김영수는 이때다 싶었다.

'지금이다!'

김영수는 지금 이 순간이 아니라면 절대로 납치를 할 수가 없는 최고의 기회란 생각이 들었다.

하늘이 내린 기막힌 찬스란 생각에 망설이지 않고 수한이 있는 매장으로 들어갔다.

GREAT
그레이트 코리아
KOREA

7.
납치를 당하다

"어머, 이 아기 무지 예쁘다."

"그러게 자고 있는 모습이 참 천사 같다."

"그런데 이 아기 어디서 많이 본 것 같지 않아?"

매장 직원들이 수한이 잠든 모습을 보며 작은 목소리로 떠들고 있었다.

김영수는 근처를 어슬렁거리며 매장으로 다가서다 직원들의 그런 소리를 듣자 고개를 갸웃거렸다.

사실 그도 목표인 아기 얼굴이 무척이나 낯이 익었기 때문이다.

처음 백화점 앞에서 수한의 얼굴을 봤을 때 무척이나 얼굴이 익어 영수도 무척 당황했다.

혹시 자신이 알고 있는 아기는 아닌지 걱정이 된 때문이다.

괜히 자신과 연관된 아기를 납치했다가 낭패를 보는 것은 아닌가 하는 생각에 망설이기도 했다.

하지만 아무리 생각해도 자신의 주변에 아기 엄마나 아빠는 없었다.

그래서 망설이던 끝에 찜찜한 기분을 무시하고 따라 왔는데, 다른 사람들에게서 또 비슷한 말을 듣게 되자 다시 불안감이 솟아올랐다.

'제길, 나만 그런 것이 아니라 저기 아가씨들도 아기 얼굴을 알고 있다면 유명한 아기라는 말인데!'

수한을 납치하기 위해 다가서던 영수는 다시 한 번 주춤했다.

하지만 이대로 멈출 수는 없었다.

자신이 살기 위해선 어찌 되었던 두목인 최상호에게 아기를 가져다주어야 한다.

'모르겠다. 일단 살고 봐야지.'

독하게 마음을 먹은 김영수는 뛰는 가슴을 진정시키며 천천히 매장으로 접근을 했다.

"나도 이런 아기 가지고 싶다."

"미친년, 결혼이나 하고 얘기해라."

"결혼은 싫어! 하지만……."

"에라이, 미친년. 결혼도 안 한 년이 무슨 애기 타령이니?"

김영수가 유모차로 다가서고 있을 때, 매장 안에서 수한을 보고 있던 직원들은 그렇게 떠들고 있었다.

"실례합니다."

떨리는 마음을 억누르며 직원을 불렀다.

"어서 오십시오. 무엇을 도와드릴까요?"

직원들은 영수의 물음에 얼른 유모차에서 시선을 돌려 밝게 웃으며 그를 반겼다.

"죄송한데, 저희 아이를 봐 주셔서……."

"어머, 아기 아빠세요?"

"네, 아내는 큰 아이랑 먼저 갔습니다. 아기는 제가 데려가겠습니다."

"아니에요. 아기가 참 예쁘네요."

"아 예, 감사합니다."

영수는 수한이 자신의 아기인양 너스레를 떨며 미소를 지었다.

하지만 겉은 그렇게 웃고 있지만 속으로는 무척이나 떨고 있었다.

언제 아기 엄마가 나올지 모르기에 얼른 아기를 데리고

백화점을 빠져나가고 싶은 생각뿐이다.

"오늘 백화점 같이 오자고 했는데, 제가 일이 있어 좀 늦어 화가 좀 났거든요. 또 화내겠네요. 오늘 감사했습니다."

"아닙니다."

영수는 얼른 수한이 자고 있는 유모차를 밀며 직원에게 인사를 하였다.

더 이상 이곳에 있다가는 자신의 범죄행각을 들킬 수 있기에 얼른 현장을 빠져나가려는 것이다.

매장 직원은 그것도 모르고 아쉬운 듯 수한의 얼굴을 한 번 더 쳐다보다 인사를 하였다.

"다음에 또 오세요."

"알겠습니다."

마지막 인사를 하고 영수는 빠르게 백화점을 빠져나왔다.

한편 수정이를 화장실에 데리고 간 미영은 백화점 여자 화장실에 사람이 많아 좀 늦게 화장실을 나오게 되었다.

"자, 단정하게 단추도 잘 채우고……."

딸의 옷을 챙겨 주고 정리를 마친 미영은 아들을 맡겨 둔 매장으로 향했다.

"어서 오세요."

미영이 들어서자 매장 직원은 미소를 지으며 맞았다.

하지만 미영은 매장 안에 수한이 타고 있던 유모차가 보이지 않자 정색을 하며 물었다.

"저기…… 제 아들하고 유모차는 어디에 있죠?"

미영은 보이지 않는 유모차와 수한을 찾았다.

미영의 말을 들은 직원은 고개를 갸웃거리다 무언가 생각이 난 듯 대답을 하였다.

"아, 조금 전에 화장실 가신다고 아기하고 유모차 맡기신 분이시군요."

"예, 그런데 제 아들은 어디에 있죠?"

미영은 직원이 자신을 기억하자 얼른 수한을 찾았다.

그런 미영의 모습에 직원은 친절하게 설명을 하였다.

"예, 조금 전 고객님께서 화장실에 가시고 잠시 뒤 남편분께서 오셔서 데려가셨는데요."

"네? 그게 무슨 소리예요? 남편이 와서 데려가다니요?"

직원의 말을 들은 미영이 조금은 큰소리로 말을 하자 직원은 다시 한 번 조금 전에 있었던 일을 설명했다.

"그게 어떻게 된 일이냐면……."

직원의 설명을 들은 미영은 눈앞이 깜깜해졌다.

외교부 직원인 남편이 업무시간에 백화점을 찾는다는 것은 말도 되지 않는 소리였다.

더욱이 오늘은 부서에 일이 많아 좀 늦는다고까지 하였다.

그런데 자신 몰래 백화점을 왔다는 것도 말이 되지 않았고, 또 그렇다 하더라도 자신이 화장실에 있는데 말도 없이 아들을 데려가는 몰상식한 일을 하지는 않았을 것이다.

"그게 말이 된다고 생각하세요? 어떻게, 어떻게⋯⋯."

미영은 흥분해 말을 더 하지 못하고 연신 되뇌기만 하였다.

그런 미영의 모습에 직원의 표정이 창백해지기 시작했다.

정말로 자신에게서 아기를 데려간 사람이 아기 아빠가 아니라면 자신은 누구에게 아기를 넘겨준 것이란 말인가?

"엄마! 수한이 어디 갔어?"

철모르는 수정은 사랑하는 동생의 모습이 보이지 않자 그렇게 수한의 행방을 물었다.

"수정아! 우리 수한이 어떻게 하니⋯⋯."

아들의 행방을 알 수 없자 미영은 울먹이며 발을 동동 굴렀다.

백화점 매장 한쪽에서 이런 소동이 일자 사람들의 시선이 이곳으로 모이게 되었다.

사람들의 시선이 모이자 백화점 보안 팀에서도 매장을

살피다 한 곳에 사람들이 모인 것을 보고 얼른 사람을 파견했다.

"무슨 일이십니까?"

보안 요원이 다가오며 물었다.

그런 보안 요원의 물음에 매장 직원이 조금 전 상황을 설명했다.

직원이 보안 요원에게 설명을 하고 있을 때 미영은 혹시나 하는 심정에 남편에게 전화를 걸었다.

"여보세요? 응, 혹시 당신이 수한이 데리고 갔어요?"

미영은 지푸라기라도 잡는 심정으로 남편이 자신이 데려갔다는 말을 해 주길 바랐다.

하지만 수화기에서 들린 말은 청천벽력 같은 말이었다.

—아니, 업무를 보고 있는 내가 어떻게 수한이를……뭐야! 수한이 잃어버린 거야?!

말을 하던 명수는 지금 상황이 자신의 아들이 없어졌다는 것을 그때서야 깨달았다.

—어떻게 된 일이야! 울지 말고 천천히 설명을 해 봐!

명수는 통화를 하다 말고 대성통곡을 하는 미영을 달래며 자초지종을 들으려 하였다.

하지만 이미 정신을 놓은 상태가 되어 버린 미영은 그런 명수의 이야기를 듣지 못했다.

―내가 갈 때까지 기다려!

이미 통화할 정신이 없는 미영은 정신이 하나도 없었다.

천금 같은 아들이 사라졌으니 억장이 무너졌다.

그리고 옆에서 동생을 찾던 수정도 분위기가 이상하자 자신의 동생이 없어졌다는 것을 깨달았다.

"엄마! 수한이 없어졌다. 엉엉…… 수한이 찾아 줘!"

급기야 정신을 놓은 미영의 옆에서 수정 또한 울음을 터뜨렸다.

이 때문에 백화점에서도 비상이 걸렸다.

아니 그렇겠는가? 백화점을 찾은 아기가 사라졌으니 이건 명백한 백화점의 책임이 컸기에 만약 일이 잘못되면 백화점 문을 닫을 수도 있는 큰 문제였다.

보안 요원은 사람들의 시선이 너무도 몰리자 일단 본부로 데려가기로 했다.

이런 일이 발생했을 때 사용하는 매뉴얼대로 이행을 하는 것이다.

일단 사고 지점을 옮겨 매장은 정상 영업을 하고 담당자들만 따로 조사를 하였다.

전화를 끊은 명수는 얼른 하던 일을 멈추고 자리를 정리했다.

"무슨 일이야!"

명수의 상관은 일을 하다 말고 정명수가 자리를 정리하자 물었다.

그런 상관에게 명수는 방금 전 미영에게서 걸려 왔던 전화의 내용을 설명했다.

"아들이 실종되었답니다. 그래서 그곳으로 가 봐야겠습니다."

침중한 명수의 말에 평소 그에게 시샘을 느끼던 상관은 아들의 실종이라는 말에 어서 나가 보라는 말을 하였다.

"어서 가 봐! 큰일이 없길 바라내!"

"감사합니다."

수한이 TV에 나오면서 자신을 그렇게나 못살게 굴던 상관이 순순히 자신의 일을 걱정해 주자 마음 한편으로 고마움을 느꼈다.

하지만 그것도 잠시 작성하던 서류를 모두 정리한 명수는 미영이 있는 백화점으로 향했다.

웅성웅성.

"그러니까 고객님 남편이 아기를 데려간 것이 아니란 말씀이시죠?"

"그래요. 남편은 오늘 백화점에 오지 않았어요. 그런데 여기 매장 아가씨는 제 남편이 와서 아기를 데려갔다고 하니 어떻게 해요."

미영은 정말로 미칠 노릇이었다.

벌써 같은 말을 몇 번이나 하는 것인지 알 수가 없었다.

처음 매장에 아들을 찾으러 갔을 때 말하고, 또 백화점 보안요원이 왔을 때 다시 한 번 이야기했다.

그런데 이곳 백화점 고객센터에 올라와서도 또 이야기하고 경찰이 출동해 다시 또 같은 말을 물어 오자 이젠 지쳐 버렸다.

아들은 사라져 어디 있는지도 모르는데 엄마라는 자신은 아들이 어디 있는 줄도 모르고 이러고 있으니 죽고만 싶었다.

띵!

엘리베이터 도착 음이 들리고 안에서 명수가 나왔다.

"미영아! 어떻게 된 일이야!"

명수는 엘리베이터에서 내리자마자 아내인 미영을 보자마자 어떻게 된 상황인지 물었다.

"아빠! 수한이가 없어졌다. 엉엉"

백화점 고객센터 한 쪽에 있는 의자에 앉아 있던 수정이 아빠의 모습을 확인하자 바로 달려와 아빠의 발에 매달리며 울면서 말을 하였다.

그런 수정의 말에 명수의 표정이 굳어졌다.

굳은 표정의 명수가 천천히 다가오자 백화점 보안책임자나 지배인의 표정이 굳어졌다.

다가오는 명수의 표정이 심상치 않았기 때문이다.

더욱이 조금 전 상황을 이야기하면서 미영과 가족들의 신상을 어느 정도 파악을 했기에 함부로 대할 수가 없었다.

외무부 직원을 상대로 비록 대기업 계열사라 하지만 명백한 자신들의 잘못으로 아기가 사라졌는데 어떻게 함부로 할 수가 있겠는가?

만약 배경이라도 시원찮으면 고자세로 말을 하겠지만 그럴 수 있는 상황도 아니었다.

"아버님 되십니까?"

경찰은 명수가 다가오자 신분을 물었다.

"그렇소. 누가 날 사칭해 내 아들을 데려갔다고 하는데, CCTV는 확보했습니까?"

"그것이······."

뭐가 잘못된 것인지 출동한 경찰은 고개를 돌려 백화점 지배인을 보며 말을 얼버무렸다.

그런 경찰의 태도에 고개를 돌린 명수는 지배인을 보며 물었다.

"무슨 문제 있습니까? 분명 매장 내에 CCTV가 설치되어 있을 것인데, 내 아들을 유괴한 유괴범의 모습을 확인하려는데 협조를 해 주셔야죠!"

명수의 말에 지배인은 식은땀을 흘리며 대답을 했다.

"저, 그런데……."

"무슨 말입니까? 똑바로 해 주시오."

지배인도 똑바로 대답을 하지 못하고 있었다.

답답한 마음에 고함을 치는 명수지만 뒤이어 나온 지배인의 말에 머리를 뭔가에 맞은 것처럼 띵했다.

"하필 그곳 매장을 비추던 카메라가 고장이 나 녹화를 하지 못했습니다."

"뭐요? 아니 그런 것도 보수하지 못하고 뭐했습니까!"

참으로 어이없는 일이었다.

자식을 잃은 명수나 미영에게 불행한 일이지만 하필 이때, 매장을 비추는 CCTV카메라가 고장이나 이쪽 방향을 찍지 못했다.

그 때문에 수한을 유괴한 유괴범의 얼굴을 확인할 수가

없었다.

어쩔 수 없이 아기 아빠라며 수한을 데려간 범인의 얼굴을 본 매장 직원의 진술에 따라 몽타주를 만들 수밖에 없었다.

"설마 백화점 내 모든 카메라가 고장이 난 것은 아닐 것인데 범인의 얼굴을 찍은 카메라가 한 대도 없다는 말입니까?"

명수는 설마 그 많은 카메라들 중 범인의 모습을 찍은 카메라가 한 대로 없을 것이라고는 생각지 않았다.

사람의 기억으로만 만드는 몽타주 보다는 그래도 카메라로 찍은 사진이 더 확실하기에 그리 물었다.

하지만 마지막 희망도 꺾이고 말았다.

"범인의 얼굴을 확인할 수 있을 정도로 카메라의 질이 좋지 못해서 범인의 얼굴을 분간하기가 어렵습니다."

보안책임자의 말에 명수의 인상이 보기 싫게 일그러지고 말았다.

"아, 안 돼!"

보안책임자의 말에 미영은 비명과도 같은 단발마를 하고 기절하고 말았다.

"여보!"

"엄마!"

기절하는 미영을 붙잡고 그녀를 불러 보지만 미영은 미동이 없었다.

그런 미영의 모습에 명수는 어금니를 깨물며 말을 하였다.

"내 아들이 무사하길 빌어야 할 거야! 만약 내 아들에게 무슨 일이라도 발생한다면 내 당신들 가만두지 않겠어!"

"저 고객님! 저희에게만 그렇게 말씀을 하시면……."

"뭐 더 할 말이 있나? 백화점 매장 직원에게 잠시 맡기고 화장실 다녀왔는데 자식이 사라졌어!"

"그거야 아빠라고 하니……."

"그럼 당신들은 아무나 와서 말만 하면 확인도 하지 않고 넘겨주나! 물건도 아니고 내 아들이야! 아기…… 사람이라고! 당신들 단단히 각오해야 할 거야!"

명수는 백화점 보안책임자와 지배인에게 그렇게 경고를 하였다.

그리고 자신의 앞에 있는 경찰에게 고개를 숙이며 부탁을 했다.

"제발 부탁이니, 내 아들 좀 찾아 주시오. 무사히 찾아만 주면 내 그 은혜는 잊지 않겠습니다."

이미 조사과정에서 명수의 직업에 관해, 들은 경찰은 명수의 그런 모습에 당황을 했지만 그에게서 부정을 절실히 느낀 터라 고개를 끄덕였다.

"맡겨 주십시오, 꼭 찾아내겠습니다."

"부탁드립니다."

명수는 그렇게 경찰에게 부탁을 하고 기절한 미영을 앉고 백화점을 나왔다.

한편 백화점에서 아기가 유괴되었다는 소식은 SNS를 타고 전국에 퍼졌다.

한낮에 벌어진 유괴 소식은 천재아기 소동보다 더 큰 이슈를 만들어 냈다.

◆　　◆　　◆

"여보세요. 김 실장님! 접니다."

명수는 기절한 미영을 백화점에서 데리고 나와 가까운 병원에 입원을 시켰다.

그리고 어린 수정에게 잠시 엄마를 지켜보라고 말을 하고는 병원 밖으로 나와 아버지의 비서인 김병수 비서실장에게 전화를 걸었다.

김병수 비서실장은 아버지의 최측근으로 가족과도 같은 사람이었다.

더욱이 10년 동안 아버지와 의절을 하여 연락을 하지

않고 있었지만 김병수 비서실장 하고는 간간히 통화를 하고 있었다.

"제가 급히 실장님을 뵈었으면 하는데 가능하시겠습니까?"

수한이 유괴를 당한 것을 경찰에게만 맡겨 두려니 마음이 놓이지 않았다.

그래서 아버지의 도움을 받으려는 것이다.

비록 의절을 하여 연락을 끊긴 했지만 다른 일도 아닌 손자의 실종이라는데 모르는 척 하지는 않을 것이란 생각에 손을 내밀기로 하였다.

"제가 좀 급한 부탁을 드려야 하는데 제발 시간 좀 내주십시오."

사실 대한민국에서 경찰보다 더 정보력이 뛰어난 곳은 바로 대기업들이다.

아무리 경찰이 수사에 특화된 직업이고 또 전국에 퍼져 있다고 하지만, 주어진 업무가 많다 보니 지금처럼 영유아 유괴사건 같은 경우 검거율이 그리 높지 않았다.

더욱이 수한은 이제 겨우 1살이다.

수사망이 좁혀지면 이 경우 범인이 유괴한 아기를 아무 곳에나 버리는 경우가 있는데, 이러면 아기를 찾을 길이 막막해진다.

다행히 보육원이라도 맡겨진다면 언젠가는 찾을 길이라도 있지만, 그런 경우 대부분 생존이 어려웠다.

그러니 현재 명수는 대기업의 정보망을 이용해 겉으로 드러나게 범인을 쫓는 것이 아니라 은밀하게 추적을 하여 범인을 잡고 유괴된 자신의 아들을 찾으려는 것이다.

사살 꿩 잡는 것이 매라고, 이런 범죄자를 잡는 것은 경찰 보다는 범죄자들을 이용하는 것이 훨씬 빠르다.

이미 이런 것을 알고 있는 정명수 의절한 집안이지만 필요하기에 먼저 연락한 것이다.

물론 수한의 일로 먼저 연락을 하려고 마음먹고 있었는데, 이런 일이 발생해 보다 바르게 연락을 하기도 한 것이지만 말이다.

◆　　　◆　　　◆

백화점을 나온 김영수는 두근거리는 심장을 주체할 수가 없었다.

지금까지는 무사히 목적을 이루었지만 이제 마무리를 잘 지어야 한다.

최대한 침착하고 자연스럽게 유모차를 밀고 대기하고 있는 승합차에 실어야 했다.

"후흡!"

깊게 심호흡을 한 김영수는 백화점 모퉁이를 돌아 승합차에 다가가 문을 두드렸다.

"문 열어!"

영수의 신호에 승합차의 문이 신속하게 열렸다.

"성공하셨습니까, 형님?"

"그래, 그러니 어서 싣고 떠나자!"

"예!"

안에 대기를 하던 부하는 얼른 차에서 내려 영수와 함께 유모차를 실었다.

"혹시 모르니 재워라."

"알겠습니다."

영수는 혹시나 수한이 잠에서 깨, 울지나 않을까 걱정이 되어 약을 이용해 더 재우기로 하였다.

두꺼비파도 가끔 필요에 의해 납치를 하기도 했기에 승합차 한쪽에 약물이 준비되어 있기에 작업은 금방 이루어졌다.

약물을 수건에 적시고 그것을 잠든 수한의 입과 코를 막았다.

숨을 쉬면서 약물을 흡입하게 되면 수초 안에 강제로 잠이 든다.

GREAT
KOREA

성인도 이런데 아기인 수한은 말할 것도 없이 얼마 지나지 않아 깊이 잠들었다.

"출발해!"

김영수는 수한이 깊이 잠드는 것을 보며 운전석에 앉은 부하에게 소리쳤다.

그리고 혹시나 주변에 자신이 타고 있는 승합차를 이상하게 쳐다보는 사람은 없는지 주변을 살피는 것도 잊지 않았다.

"어떻게 됐나?"

"곧 도착한다고 했습니다."

"오! 성공했나 보군?"

"예, 확실히 이런 일은 두꺼비파의 최 사장이 확실하다니까요."

"그래, 쓰레기 같은 인간이기는 하지만 이런 일은 잘하더군!"

대화를 나누고 있는 남자는 대화 내용과는 다르게 외부적으로는 무척이나 존경받는 사람이었다.

최제국은 대한민국에 있는 많은 영재학원들 중에서도 단

연 최고의 권위를 가지고 있는 일신학원의 원장을 맡고 있다.

일본 동경대학 의학부를 졸업하고 뇌 의학으로 석사와 박사 학위를 받은 사람이었다.

뿐만 아니라 그는 학위를 받고 일본의 대기업에 스카웃이 되어 연구소에 들어가 많은 연구와 논물을 발표하기도 했다.

그런 점이 참작이 되어 그는 한국에 돌아와서도 일신그룹이 미래인재 양성이란 기치를 걸고 발족한 일신학원의 원장이 되었다.

이곳은 국내에 있는 다른 영재학원과 비슷하면서도 또 달랐는데, 일신학원에는 또 다른 비밀이 있었다.

그건 학원에 들어와 교육을 받는 아이들을 세뇌를 하고 있었던 것이다.

세뇌를 하는 이유는 바로 아이들이 장성했을 때 그들을 일신그룹의 수족으로 부리기 위해서다.

우수한 인재를 찾는 것은 기업을 하는 오너의 입장에서 꼭 필요한 일이다.

보다 우수한 인재를 확보를 해야 기업의 미래가 밝기 때문이다.

그런데 일신그룹은 도가 지나쳤다.

공정한 경쟁을 통해 인재를 확보하기보단 이렇게 겉으로
는 대한민국의 우수인재를 양성한다는 취지를 가지고 영재
학원을 차리고, 모여든 영재를 세뇌를 통해 꼭두각시로 만
들고 있었던 것이다.

더욱이 원장 최제국은 아이들을 세뇌하는 것도 범죄인
데, 이에 그치지 않고 전국에 걸쳐 영재학원 네트워크를
연결하여 어느 곳에 뛰어난 영재가 나타났다고 하면 수단
과 방법을 가리지 않고 자신이 있는 학원으로 모집을 했
다.

이 과정에서 자신들의 제안을 받아들이지 않는다면 납치
와 살인도 마다하지 않았다.

이번에도 그런 일에 동원되는 두꺼비파를 이용해 요즘
한창 떠들썩한 천재아기를 납치 의뢰를 하였다.

그리고 조금 전 납치에 성공했다는 연락을 받은 것이다.

최제국의 손에는 수한이 영재학원에서 풀었던 테스트지
가 들려 있었다.

테스트지에는 수한이 문제를 확인하고 푼 시간까지 정확
하게 나와 있었는데, 사실 이 테스트지는 최제국이 일본에
서 가져온 것으로 수한 같이 어린 유아가 풀 수 있는 문제
가 아니었다.

이 테스트지는 일반 어린이라면 초등학교 4, 5학년 정도

는 돼야 풀 수 있는 문제들이었다.

그리고 문제를 푸는 시간이 줄어들수록 적정 연령이 높아지는 것이다.

즉, 수한이 문제를 푼 시간을 따지면 대학생 정도가 문제를 풀었다고 해도 과언이 아닐 정도였다.

그런데 이런 문제를 이제 겨우 4개월 된 아기가 풀었다고 하니 어찌 놀라지 않을 수 있겠는가?

"이걸 겨우 4개월 된 아기가 그렇게 짧은 시간에 풀다니 참으로 놀랍지 않나?"

"그렇습니다, 원장님. 아마도 슈타인이나 니콜라 보다도 더 대단한 인물이 될 것 같습니다."

"그래 잘만 키우면 대단한 물건이 되겠어!"

최제국은 수한을 마치 물건처럼 말을 하고 있었다.

"회장님이 기뻐하시겠습니다."

"그렇긴 하겠지! 그런데 연구는 아직도 진전이 없나?"

최제국은 자신이 지목했던 수한이 곧 자신의 수중에 들어온다는 생각에 기분이 좋았는데, 또 다른 일을 생각하니 기분이 나빠지며 물었다.

그가 물어본 것은 일신학원 지하에 만들어진 비밀 연구소에서 진행되는 프로젝트 때문이었다.

비밀연구소에서 진행되고 있는 실험은 다름 아닌 유전자

조작을 이용해 인위적으로 천재를 만들어 내는 비 인륜적인 연구였다.

천재나 수재, 영재로 알려진 사람들의 유전자를 연구하고 또 그 유전자를 복제를 하여 인위적으로 교배하기도 하는 등, 인간으로서 하지 못할 참혹한 연구를 자신들의 목적을 위해 아무런 양심의 가책을 느끼지 않으며 저지르고 있었다.

사실 이 연구는 2차 대전 당시 독일이나 일본이 비밀리에 실행하던 실험이었는데, 전쟁이 끝나고 독일은 모든 연구 자료가 폐기가 되었다.

독일을 점령한 연합군에 의해 너무도 비 인륜적인 행위라 규명되면서 모든 자료가 폐기되었고, 이 실험과 연관이 있던 많은 과학자와 의학자들도 함께 전범으로 몰려 사형을 당했다.

하지만 일본은 점령군인 미국과 비밀협정을 맺고 연구 자료를 전량 미국에 넘긴다는 조건으로 당시 실험에 참가한 많은 관련자들을 뒤로 빼돌릴 수 있었다.

뿐만 아니라 연구 자료도 원본을 미국에 넘기기는 했지만 이미 사본을 준비해 두었기에 미국에 자료를 넘길 때 아무런 거리낌이 없었다.

패망한 일본을 살리기 위해선 다른 나라에 바짝 엎드려

있어야 했기에 겉으로는 복지부동한 모습을 보였다.

그리고 경제가 어느 정도 살아나자 다시금 2차 대전 당시 실행하던 비밀실험을 다시 재계하였다.

일본인만이 1등 민족이라는 그릇된 사고를 가지고 보다 우수한 인종을 인위적으로 만들어 내길 원했다.

하지만 이 연구는 인간이 넘을 수 없는 신의 영역에 관여된 연구였다.

엄청난 예산과 시간을 투자해 밝혀낸 유전자 정보를 토대로 실험을 하였지만 아직도 연구는 끝날 기미가 보이지 않았다.

최제국도 일본에 있으면서 연구소에서 했던 실험이 바로 이런 연구였다.

처음에는 거부반응도 일었지만 야망을 위해선 양심도 버리고 인성도 버렸다.

그 뒤부터 그의 행보는 거침이 없었다.

보통 이런 사람을 소시오패스라고 하는데 최제국이 바로 전형적인 소시오패스였던 것이다.

타인의 감정이야 어찌 되었든 자신의 목적을 위해서라면 무엇이라도 희생할 수 있는 사람이 바로 최제국이었다.

겉으로는 저명한 의학자이지만 내면은 감정이 없는 차가운 기계와도 같은 존재가 바로 최제국이란 사람이다.

"아직 진척이 없습니다. 정말로 인위적으로 천재를 잉태하게 만들 수 있을까요?"

부원장 이안용은 조금은 회의적인 목소리로 물었다.

이안용도 이미 최제국에 물들어 다른 이들의 고통에 대해선 아무런 관심이 없었다.

다만 일신학원에 예산을 지원하는 그룹에서 지원금이 줄어들지 그것만이 그의 관심거리였다.

"부원장도 봤지 않나? 일반인들의 유전자와 천재라 불리는 사람들의 유전자가 어떻게 다른지, 그리고 그들의 뇌사진도 확인했지 않나?"

"그렇기는 했지만 아직까지 어떻게 해야 유전자 배치가 그렇게 되는 것인지는 밝혀내지 못했지 않습니까?"

최제국은 부원장의 말을 들으면서 침음을 흘렸다.

"음……."

확실히 그의 말처럼 분명 천재와 범재의 차이는 밝혀졌다.

하지만 어떻게 해서 그런 차이를 만들어 내는 것인지 밝히지 못했다.

부원장은 모르고 있지만 학원에 연구비를 지원하고 있는 그룹은 사실 한국 기업이 아니라 엄밀히 따지면 일본의 비밀조직에서 위장 출자하여 만든 회사였다.

이 비밀조직은 자국민을 대상으로 인체실험을 하는 것
보다는 열등 민족이라 생각하는 한국이나 중국 등 다른 나
라 사람들을 대상으로 연구하는 것이 좋다는 생각에 많은
예산을 들여 일신그룹과 같은 회사를 설립했다.

그래야 아무도 모르게 그런 실험을 하고 또 만약 발각이
되더라도 그 나라에 죄를 뒤집어씌울 수 있기 때문이다.

일본은 아무런 위험부담 없이 연구가 성공을 했을 때 그
열매만 따먹으려는 속셈인 것이다.

그렇기 때문에 연구가 어떻게 되었든 그 조직은 최제국
을 계속해서 몰아붙이고 있었다.

만약 어느 정도 성과가 나오지 않는다면 자신은 어쩌면
처벌을 받을지도 몰랐다.

이미 한국에는 자신이 원장으로 있는 이곳 말고도 또 다
른 연구소가 있었다.

예전 자신이 한국에 오기 전 자신보다 먼저 한국에 들어
와 연구를 하던 자가 있었다.

그는 기간 내 성과를 내지 못해 폐기처분 당했다.

말이 폐기처분이지 그 자신이 실험 재료가 된 것이다.

이런 사실을 잘 알고 있는 최제국이기에 자신도 또 다른
실험 재료가 되지 않기 위해선 성과를 내야만 했다.

이미 인간의 존엄성을 무시한 실험을 하고 있는 자신이

기고 또 조직이기에 그런 일쯤은 눈도 깜짝하지 않고 진행할 것이 분명했다.

"제길 조금만 더 하면 성과가 있을 것도 같은데……."

정말이지 조금만 더 파고들면 성과를 낼 수도 있을 것 같은데 그 한 발을 내딛지 못해 답답했다.

그렇게 중얼거리던 최제국은 부원장을 보며 말했다.

"도착하면 샘플 확보하고 최 사장에게 당분간 잠수하라고 해!"

"알겠습니다."

지시를 내린 최제국은 부원장에게 나가 보라는 손짓을 하였다.

그런 최제국의 모습에 고개를 숙이며 인사를 한 이안용은 조용히 밖으로 나왔다.

'무슨 냄새지?'

수한은 코를 자극하는 강한 냄새로 인해 머리가 무척 아파 왔다.

머리뿐 아니라 속도 미식거리는 것이 무척 좋지 못했다.

너무도 자극적인 냄새로 인해 잠이 깨려던 때 뭔가 이상함을 느꼈다.

'여긴 어디지? 엄마하고 누나는 어디에 있는 거야!'

수한이 느끼기에 지금 자신이 있는 곳이 무척이나 낯선 느낌을 받았다.

눅눅하고 습한, 마치 전생의 자신이 연구하던 지하 실험실 같은 느낌을 받은 것이다.

현생에 환생을 하고 나서는 자신은 한 번도 지하에 내려가 본 적이 없었다.

그건 아기인 수한에게 지하의 공기가 좋지 못하다며 엄마인 미영이 지하 공간에는 가지 않았기 때문이다.

몸은 아기이지만 정신은 이미 일반인들 보다 더 발달된 수한이기에 뭔가 잘못되었다는 것을 알기까지는 얼마 걸리지 않았다.

'설마 나 납치를 당한 것인가?'

살며시 눈을 뜨며 주변을 살펴보았다.

자신이 있는 위치나 도움이 될 만한 것이 있는지 찾기 위해서다.

하지만 주변을 살펴보아도 자신에게 도움 될 만한 그 무엇도 보이지 않았다.

수한의 주변에는 아무것도 없고 자신이 타고 있는 유모차만 덩그러니 놓여 있을 뿐이었다.

GREAT
그레이트 코리아
NOREA

'안 되겠다. 혹시 모르니 마법을 사용해야겠다.'

수한은 현재 자신이 납치가 되어 어떻게 될지 모른다는 생각에 마법을 사용하기로 했다.

어차피 자신이 마법을 사용한다고 해서 마법을 알아챌 사람은 이 세상에 아무도 없었다.

비록 현재 자신이 펼칠 수 있는 마법은 1클래스 마법뿐이지만 지금 상황에선 그 1클래스 마법이 가장 절실했다.

'이 상황에선 어떤 마법이 내게 가장 도움이 될까?'

자신이 사용 할 수 있는 마법이 1클래스의 마법뿐이기 때문에 그 안에서 현 상황에 가장 적절한 마법을 골라야 했다.

더욱이 현재 수한의 몸에는 1클래스 마법을 딱 1번 펼칠 수 있는 분량의 마력뿐이 없었기 때문에 마법을 신중하게 골라야만 했다.

한참을 생각하던 수한은 프렌들리 마법을 사용하기로 결정했다.

수한이 프렌들리 마법으로 결정한 이유는 이 마법이 자기 자신에게 부여할 수 있는 마법이기도 했기 때문이다.

사실 이 프렌들리 마법은 정신마법에 속하는 것으로 마법이 걸린 대상이나 마법을 건 상대에게 호감을 느끼게 하는 마법이다.

이름에서도 알 수 있듯 마치 친한 친구를 대하듯 하게 하는 마법이다.

이보다 상위 마법으로는 조금은 더 강제성을 띄는 참(Charm)이라는 마법이 있는데, 이 마법은 대상에게 강제로 자신을 따르게 하는 마법이다.

세뇌에 가까운 마법으로 강제성이 있고 즉효로 나타나기는 하지만 조금은 부자연스럽다는 약점이 있다.

그에 비해 프렌들리 마법은 참 마법처럼 강제성은 없지만 지속적으로 대상에게 호감을 주는 마법이다.

그렇다 보니 아기인 자신에게 가장 적절한 마법이라 할 수 있었다.

"프렌들리!"

수한은 간단하게 마법을 자신의 몸에 시전 했다.

사실 8클래스의 깨달음을 가지고 있는 수한이 아니었더라면 이렇게 마법 시동어만 가지고 마법을 사용할 수는 없었을 것이다.

일면 언령이라 하여 무척이나 고난이도의 마법이었다.

하지만 시전어로만 마법을 사용하다 보니 간단하지만 마법에 들어가는 스펠을 모두 사용하는 것 보다는 효과가 떨어졌다.

그렇지만 8클래스의 깨달음을 가지고 있는 수한이 겨우

1클래스 마법을 사용하는 데 언령을 사용했다고 해서 마법의 위력이 떨어지는 것은 아니었다.

사실 보통 마법사들이 스펠을 중얼거리는 이유는 정신에 마법을 보다 명확하게 각인을 하기 위해서 자신이 시전 하려는 마법에 관련된 룬어를 계속해서 중얼거리는 것이다.

하지만 8클래스의 깨달음을 가지고 있는 수한으로서는 굳이 그렇게 하지 않고 구동어만으로도 충분히 마법 각인을 시킬 수 있기에 긴 스펠이 필요가 없었다.

물론 고 클래스의 마법을 시전하기 위해선 수한도 긴 스펠이 필요하겠지만 현재로써는 그런 고 클래스의 마법을 사용할 필요도 또 마법에 필요한 마력도 없기에 필요가 없었다.

마법이 시전 되자 수한의 몸 안에 있던 마력이 잠시 꿈틀 하더니 몸 밖으로 퍼져 나갔다.

하지만 눈에 보이지 않는 마력은 밖으로 퍼졌지만, 영화에서 본 것처럼 빛처럼 반짝이는 효과는 없었다.

수한은 마법이 시전 되고 몸 밖으로 퍼졌던 마력이 자신의 몸에 스며드는 것을 느꼈다.

'성공이구나!'

사실 환생을 하고 마나를 느끼고 또 마력을 몸에 가지게 되었으나 이 세계에서도 마법이 성공할지는 알 수가 없었다.

수한이 느끼기에 이 세계의 마나는 무척이나 성질이 이
상했던 때문이다.

약간의 차이만으로도 마법은 성공과 실패가 교차한다.

그렇기 때문에 수한도 급한 마음에 마법을 시전 하기는
했지만 성공할지는 확신할 수 없었으니까.

아무튼 마법이 성공하니 기분은 무척이나 좋았다.

자신이 전생에 처음 마법을 접하고 또 성공을 했을 때
보다 더 기분이 좋았다.

비록 현재 상황이 좋지 못하기는 하지만 이 세계에서 마
법이 실행이 된다는 것을 알았고 자신에게 아무도 모르는
무기가 생겼다는 것에 기분이 좋아진 것이다.

8.
위기

천하그룹.

대한민국 재계 순위 77위의 그렇게 큰 그룹은 아니다.

하지만 천하그룹을 알고 있는 사람들은 결코 천하그룹을 무시하지 않았다.

그들의 주력산업이 가지고 있는 힘을 너무도 잘 알고 있기 때문이다.

더욱이 대한민국에 산재한 많은 기업들이 자산 보유고가 그리 좋지 못한 반면 천하그룹은 상당한 현금 자산을 보유하고 있었다.

사향 사업이라는 건설을 모태로 한 그룹 치고는 무척이나 이례적인 성향을 보이고 있는 천하그룹, 하지만 자세히 들여다보면 그들이 어째서 사향 사업인 건설업을 주력으로 하면서도 그룹을 유지하고 또 자산 보유고가 플러스인지 알 수 있었다.

천하그룹 산하 천하건설이 분양하는 아파트나 주택, 리조트는 다른 기업들의 아파트나 주택과 달리 미분양 사태가 전혀 없었다.

오히려 그 반대로 천하그룹이 지은 아파트라는 이름만 들어가면 바로 프리미엄이 붙어 팔려 나가는 추세였다.

정확한 수요 예측과 친환경적인 설계와 함께 뛰어난 디자인과 편의 시설 등은 고객 만족도 1위로 선정되기도 했다.

그리고 건설뿐이니라 천하건설에서 분사한 천하디자인과 천하가드 역시 호황을 누리며 연매출 1000억을 돌파하고 있다.

거기에 무너지지 않는 산업이라 말하는 방위산업체도 가지고 있었는데, 천하화학과 천하디펜스는 천하그룹의 효자 노릇을 톡톡히 하고 있다.

대한민국 국군에 납품되는 폭탄의 40%를 책임지고 있는 그야말로 풍강산업과 함께 양대 산맥과도 같은 탄탄한 계열사를 가지고 있고, 또 천하디펜스는 천하화학과 마찬가지로 천하그룹의 금고를 채워 주는 알짜 기업으로 방탄

차량을 군용 차량을 납품하는 회사다.

이렇듯 알짜 회사만 가지고 있다 보니 천하그룹은 다른 기업들과 다르게 부채 비율도 다른 그룹들에 양호한 상태다.

그러니 이런 내막을 알고 있는 사람들은 천하그룹이 재계 순위가 낮다고 함부로 하지 못했다.

특히나 천하그룹은 대한민국 재계에 인맥으로 연결이 되어 있어 더욱 그렇다.

혼인동맹으로 연결된 이들의 인맥은 함부로 무시했다가는 큰코다칠 일이다.

그런 천하그룹에 작은 소란이 일고 있었다.

"회장님! 명수 도련님에게서 연락이 왔습니다."

한참 업무를 보고 있던 정대한은 비서실장인 김병수의 보고에 고개도 돌리지 않고 대답을 했다.

"그런 놈 몰라!"

싸늘한 회장의 대답에 김병수는 다시 한 번 대답을 하였다.

"손자의 일로 도움을 청했습니다."

손자의 일로 도움을 청한다는 말에 그제야 보고 있던 서류에서 시선을 돌리고 김병수를 돌아보았다.

"도움이라니?"

의절한 아들에게서 도움을 청한다는 연락이 왔다는 말에 정대한도 되묻지 않을 수 없었다.

"무슨 일이기에 의절한 그놈이 내 도움을 청한다는 말이야?"

사실 의절하기는 하였지만 정대한은 계속해서 아들 주변에 경호원을 붙이고 정기적으로 보고를 받고 있었다.

더욱이 몇 달 전 귀여운 손자를 보았다는 보고와 함께 그 손자가 무척이나 똑똑하다는 말도 들어 더욱 관심을 가지고 있었다.

그런데 그 손자의 문제로 도움을 청한다는 말에 목소리 가 조금 커졌다.

"백화점에서 누군가에 의해 유괴 되었다고 합니다."

"유괴!"

정대한은 유괴라는 말에 너무 놀라 자리에서 벌떡 일어서고 말았다.

감히 자신의 손자가 유괴되었다는 말에 엄청 화가 났다.

"어떤 놈이야!"

"그것이 아직······."

"김 실장! 천하가드 이사장에게 연락해 내 손자를 유괴한 놈과 관련자들 모두 잡아들이라고 해!"

"알겠습니다."

정대한은 비서실장에게 조치를 취하라는 명령을 하면서
도 화가 가라앉지 않아 얼굴이 붉게 달아올랐다.

"감히! 감히 나 정대한의 손자를 유괴해?!"

비서실장이 자신의 지시로 나간 뒤에도 정대한은 끓어오
르는 화를 주체하지 못하고 그렇게 혼자 중얼거렸다.

만약 이 자리에 수한을 유괴한 김영수가 자리하고 있었
다면 그는 정대한의 눈빛에 찢어 죽었을 것이다.

◈　　◈　　◈

"예, 예, 알겠습니다. 조용히 알아보겠습니다."

천하가드의 이종찬 사장은 본사 비서실장인 김병수에게
서 회장님의 전언을 들었다.

"어떤 놈이 감히 천하그룹의 혈족을 노린 것이지?"

이종찬은 말을 하면서도 마치 선물을 받은 아이 마냥 눈
을 반짝였다.

김병수 비서실장에게서 온 연락은 무척이나 심각한 문제
였지만 그에게는 그 전언이 새로운 오락거리나 마찬가지였
다.

"그동안 우리가 너무 조용했나 보군!"

천하가드, 겉으로는 그저 대기업에서 운영하는 경호서비

스업을 하는 회사다.

하지만 천하가드의 실체는 전혀 달랐다.

천하가드의 전신은 바로 건설업에 기생하는 용역깡패였던 것이다.

천하그룹을 이룩한 정 씨 일가에서 운영하는 무력집단으로 정 씨 일가가 건설업에 뛰어들면서 지저분한 일을 처리해 주는 집단이 되었다.

사실 정 씨 일가는 고려 때부터 내려오는 무가(武家)였다.

고려시대에 무가로써 군문에 있던 정 씨 일가는 조선시대에 들어서면서 조선왕조가 무 보다는 문을 더 숭상하면서 중앙에서 변방으로 밀려났다.

그렇지만 정 씨 일가는 절대 무를 버리지 않고 계속해서 계승을 하였다.

하지만 시대가 바뀌면서 무 보다는 문을, 그리고 문 보다는 돈을 더 숭상하는 시대가 되면서 일가도 변화를 하게 되었다.

살아남기 위해선 계속해서 변화를 하고 또 적응을 해야 한다.

변화에 적응하지 못한 많은 세력들이 시대에 뒤떨어져 도태되고 사라져가는 것을 보면서 정 씨 일가도 변화에 앞장서서 자신들도 시대의 흐름에 편승했다.

그래서 6.25사변이 지나면서 정 씨 일가도 재계로 뛰어들기에 이르렀다.

그전까지만 해도 오로지 무도계승에 뜻을 두고 전통무술을 익히는 것을 목표로 했던 그들이, 해방 직후 혼란스러운 시대에 경호원을 찾는 유력인사들의 부탁으로 제자들을 파견하면서 여러 방면에 제자들을 내보냈다.

그리고 현대에 들어서 돈이 가치의 척도가 되는 것을 깨닫고 본격적으로 재계에 투신하게 되었다.

그렇다고 그동안 연마한 무술을 등한시한 것은 아니었다.

재계에 뛰어든 정 씨 일가에 비상한 상재(商材)를 타고 난 인재가 태어났다.

그가 바로 천하그룹의 기반을 닦은 정국현 회장이었다.

정국현은 바로 수한의 증조할아버지다.

현 천하그룹 회장인 정대한 회장의 아버지인 정국현 회장은 자신들이 가진 힘 중 가장 강력한 것이 바로 무력이란 것을 알고 어떤 종목에 나서야 가장 확실하게 성공을 할 수 있을지 깨닫고 건설업에 뛰어들었다.

그전에는 그저 무력을 알고 인맥을 통해 부탁하는 인사들에게 제자들을 파견해 보디가드 일을 해 주었다.

그리고 작은 사례를 받는 것으로 가문을 운영하였는데, 정국현은 그런 일에서 벗어나 사업을 하기로 결정을 하고 건설업에 뛰어든 것이다.

당시 건설업 붐이 일고 있기도 했지만 건설업에는 필연적으로 무력이 동원되기도 했기 때문이다.

각종 이권에 무력이 동원되는 것은 당연했다.

천하건설도 그렇게 가문의 제자들을 다른 건설사에서 동원하는 용역깡패처럼 사업을 방해하는 이들을 처리하는 데 이용을 하였다.

그렇게 성장한 천하건설은 시간이 지나면서 이미지 개선을 위해 용역깡패처럼 활용하던 무력집단을 당시 대기업들이 뛰어들기 시작한 경호업에 진출시켰다.

음지에 있던 그들을 양지로 끓어올린 것이다.

사실 가문을 위한 일이라고는 하지만 제자들을 깡패처럼 활용한다는 것에 가문 내에서도 많은 반발이 발생하고 있던 때였기에 아주 시기적으로 적절한 판단이었다.

이렇게 천하가드라는 경호회사가 계열사로 생기고 또 거대해진 건설에서 디자인과 설계부분을 떼어 천하디자인이란 회사를 분산시켰다.

이로써 천하건설은 천하건설, 천하디자인, 천하가드 3개의 회사로 분리되면서 그룹 체계로 들어갔다.

정국현 회장은 그 뒤로도 많은 기업들을 흡수하여 지금의 천하그룹이 있는 기반을 닦았다.

아무튼 지금의 천하그룹이 있기까지 천하가드의 힘은 음으로 양으로 많은 영향을 끼쳤다.

하지만 천하그룹이 어느 정도 기반이 닦이자 예전처럼 음지의 일은 하지 않게 되었다.

시대가 변한 것이다.

그래서 그동안 천하가드는 합법적인 일반 주로 하였는데, 이번에 수한이 유괴되는 일로 해 다시금 음지의 일에 관여하게 되었다.

천하가드는 양지의 일을 하면서도 아직까지 음지의 일을 모두 손 놓고 있던 것은 아니다.

빛이 강하면 그늘도 짙다고, 언제 어느 때 필요할지 모르기에 대한민국에 산재한 조직들에게 어느 정도 일거리를 주며 선을 대고 있었다.

기업 활동을 하는데 음지의 소문을 전혀 듣지 않고 있을 수는 없기 때문이다.

이번 일도 누군가가 조직에 의뢰를 하여 벌어진 일일 것이 분명하니 그들을 찾기 위해선 똑같이 행동을 해야 했다.

생각을 정리하던 이종찬은 인터폰을 통해 간부들을 소집

했다.

띠!

"김 비서! 긴급으로 간부회의 소집해!"

—알겠습니다.

간부회의 소집을 한 이종찬의 눈이 차갑게 빛나기 시작했다.

먹이를 노리는 맹수와 같은 눈빛이 무척이나 잔인해 보였다.

◆　　　◆　　　◆

"이놈이란 말이지?"

두꺼비파 두목 최상호는 김영수가 유괴한 수한의 얼굴을 들여다보며 말을 하였다.

"예, 목적을 이루었으니 이제 제 잘못은 퉁 치는 것입니다."

"그래, 그래. 이렇게 내가 한 지시만 잘 이행한다면 다시 제자리로 돌아가 수 있을 거야."

최상호는 김영수의 말에 고개도 돌리지 않고 대답을 했다.

그런데 최상호는 참 이상한 기분이 들었다.

도저히 아기의 얼굴에서 시선을 뗄 수 없었다.

조만간 납치한 아기를 의뢰자에게 넘겨야 하는데, 그것이 무척이나 짜증이 났다.

이런 일을 한 것이 한두 번이 아님에도 이번 아기는 괜히 데려다 주기 싫었다.

마치 자신의 피붙이를 남에게 팔아넘기는 듯한 죄책감이 들었던 것이다.

그 때문에 김영수에게 말을 하면서도 수한에게서 시선을 떼지 못하는 것이다.

그리고 그런 감정은 최상호만 그런 것이 아니었다.

김영수 또한 지금 최상호와 비슷한 감정을 느끼고 있었다.

"아저씨는 누구야? 엄마 어디 있어?"

유모차에 잠이 들었던 수한이 눈을 뜨며 주변을 두리번거리다 말을 하였다.

수한이 자신들을 보며 말을 걸자 최상호와 김영수는 깜짝 놀랐다.

아직 강보에 싸인 아기가 자신들을 보며 울지도 않고 말을 거는 것에 놀란 것이다.

특히나 수한만 한 자식이 있는 최상호의 눈이 더욱 커졌다.

자신의 자식은 아빠인 자신을 보고도 울 때가 있는데, 지금 수한은 잠에서 깬 상태에서 울지도 않고 또박또박 말을 하고 있으니 놀라움이 더욱 컸다.

"지금 네가 말한 것이냐?"

"응, 엄마 어디 갔어?"

자신의 물음에 대답을 하는 수한의 모습에 넋이 나간 최상호와 김영수는 순간 할 말을 잃었다.

'이래서 그자들이 납치해 달라고 부탁을 했었군! 나쁜 새끼들!'

최상호는 자신에게 수한을 납치해 달라던 최제국을 생각하면서 욕을 했다.

사실 최상호는 최제국이 무엇 때문에 수한을 납치해 달라고 했는지 잘 알고 있었다.

전에도 영재로 판명 난 아이를 납치해 그가 원장으로 있는 일신학원에 넘겨준 적이 있었다.

그런데 지금 수한의 모습에 아무런 거리낌 없이 최제국을 욕하고 있는 것이다.

아기를 유괴하라고 의뢰를 한 놈이나, 그런 의뢰를 받은 자신이나 똑같은 쓰레기이면서도 최상호는 그런 생각을 하지 못하고 있었다.

"아저씨, 나 배고파!"

"응, 그래 아저씨가 우유 갖다줄게! 기다려라!"

수한은 잠에서 깨자마자 배가 고파 왔다.

아기는 시시 때때로 배가 고프다는 것을 잘 알고 있던 최상호는 그런 수한의 말에 얼른 대답을 했다.

한 번도 자신의 아이에게 그런 말을 해 본 적도 없으면서 수한에게는 그렇게 해 줘야 할 것만 같은 생각이 들어 자신도 모르게 그리 대답을 한 것이다.

사실 이건 모두 수한이 자신의 몸에 건 마법 때문에 일어나는 현상이었다.

처음 보는 사람에게 자신을 보면 호감을 느끼게 하고, 또 계속 보게 되면 호감이 더욱 깊어져 혈육과 같은 친근함을 느끼게 하기에 지금 최상호나 김영수가 수한에게 느끼는 감정은 정말로 친혈육보다 더 친근하게 느껴지고 있었다.

수한이 배고프단 말에 밖으로 나간 최상호는 자신의 부하들에게 어서 빨리 아기가 먹을 수 있게 분유를 타 오라는 명령을 내렸다.

하지만 두꺼비파에 속한 깡패들 중, 아기 분유를 탈 수 있는 사람은 아무도 없었다.

그 때문에 두꺼비파에는 때 아닌 소동이 벌어지고 있었다.

그렇게 수한이 먹을 분유를 만들어 온 최상호. 수한은 느긋한 마음으로 최상호가 부하들을 닦달해 가져온 분유를 먹으며 허기를 달랬다.

'이자들이 날 납치를 한 것이구나! 그런데 분위기로 봐선 뒷골목 건달패 같은데, 무엇 때문에 날 납치한 것이지?'

수한은 느긋한 마음으로 허기를 달래면서 주변을 살폈다.

분위기로 봐서 이들의 직업이 무엇인지 깨달은 수한은 무엇 때문에 자신을 납치한 것인지 알 수가 없어 조용히 분위기를 살폈다.

정보가 없으니 아직 이들이 자신을 납치한 이유를 알 수는 없지만, 마법이 효과 때문에 위험해 보이지는 않았다.

수한이 이렇게 자신이 납치된 이유를 알기 위해 주변을 살피고 있을 때 김영수는 최상호를 향해 물었다.

"그런데 형님…… 정말로 이 아기를 최 원장에게 데려다줄 겁니까?"

'최 원장이 누구지? 아! 그자가 날 납치하라고 의뢰를 한 사람인가 보구나!'

수한은 김영수가 최상호에게 하는 말을 듣고 자신이 납치된 이유를 알게 되었다.

원장이라고 하는 것을 보니 자신이 영재학원에서 테스트를 받은 것과 연관이 있을 것으로 판단이 되었다.

"그래야겠지? 최 원장 뒤에 일신그룹이 있으니 이제 와서 못 보내겠다고 하면 우리도 무사하지 못한다."

최상호는 말을 하면서도 가슴이 뛰었다.

수한을 보낸다는 것에 양심의 가책을 느꼈기 때문이다.

이것이 수한의 마법 때문이라는 것을 알지 못하는 최상호와 김영수는 어린 아기를 납치해 달라고 의뢰를 한 최제국이 미워지기 시작했다.

하지만 보내지 않을 수도 없었다.

만약 약속을 이행하지 않으면 그들이 어떤 식으로 자신들을 처리할지 잘 알고 있기 때문이다.

최제국이 원장으로 있는 일신학원 뒤에 있는 일신그룹이 어떤 회사인지 너무도 잘 알고 있는 최상호는 수한에게 느끼는 애착보다 그들의 보복이 더 두려워 억지로 대답을 했다.

현재 최상호에게 미치는 수한의 마법보단 일신그룹에게 받을 보복이 더욱 두려웠다.

그 두려움이 8클래스의 깨달음을 간직한 1클래스 마법의 효과를 상회하기에 마법의 영향을 받으면서도 수한을 보내려 하는 것이다.

보통은 마법의 효과가 절대적이라 이쯤에서 자신들의 잘못을 깨닫고 원래대로 되돌리는데, 일신그룹의 보복에 대한 두려움 때문에 의뢰대로 수한을 일신학원에 넘기기로 했다.

"하…… 난 도저히 안 되겠다. 오늘은 영수 네가 최 원장에게 다녀와라."

최상호는 도저히 양심의 가책을 극복하지 못하고 수한을 일신학원에 데려다주는 것을 김영수에게 넘겼다.

김영수는 그런 최상호를 보며 고개를 끄덕였다.

조금이라도 수한의 얼굴을 오래 봐야 한다는 마음 때문에 최상호의 명령에 고개를 끄덕였다.

처음 보는 아기의 얼굴을 보며 왜 그런 마음이 드는 것인지 이상할만도 하지만 최상호나 김영수는 그런 생각을 하지 못했다.

사실 마법의 효과도 효과이지만 엄밀히 따지면 마법이란 것을 전혀 접해 보지 못한 두 사람은 마법에 대한 저항력이 하나도 없었다.

그러니 1클래스의 아주 간단한 마법도 아무런 저항 없이 받아들이다 보니 이렇게 극단적으로 치닫는 것이다.

만약 이케아 대륙에서였다면 아무리 수한의 깨달음이 8클래스 급이라 해도 1클래스 마법인 프렌들리 마법이 이처럼 절대적인 효과를 보지는 못했을 것이다.

그저 말 그대로 호감 정도에 그쳤을 것인데, 마법이란 것을 접해 보지 못해 저항력이 전혀 없는 최상호와 김영수는 마치 매혹 마법을 당한 것 마냥 수한에게 빠져들었다.

◆　　　◆　　　◆

"어떻게 오셨습니까?"

"최제국 원장님 의뢰로 왔습니다."

김영수는 심난한 마음을 뒤로하고 두목인 최상호의 명령으로 수한을 데리고 일신학원에 도착을 했다.

학원 입구에 도착을 한 김영수는 자신을 막아선 경비를 향해 그렇게 대답을 했다.

경비는 이미 연락을 받았기에 바로 차단기를 올리면 말을 하였다.

"다른 곳으로 가지 마시고, 지하 1층 A—3구역으로 가시오. 그곳에 부원장님이 기다리고 있으니."

경비는 자신이 지시를 받은 대로 김영수에게 들려주었다.

김영수는 경비가 하는 말을 듣고 차를 천천히 움직여 학원 지하로 내려가는 길을 따라 들어갔다.

지하에 들어가 표시대로 A—3구역으로 향했다.

끼익!

A—3이라 써진 주차 구역에 도착해 차를 멈추니 기둥 뒤에서 누군가 나왔다.

"영등포 최 사장이 보냈나?"

이미 보고를 받고 내려온 이안용은 김영수를 보며 그렇게 물었다.

"네, 최 사장님이 보내서 왔습니다."

"아기는?"

이안용은 최상호가 보냈다는 말에 바로 자신이 원하는 말을 하였다.

이안용의 말을 들은 김영수는 인상을 찡그렸다 펴며 대답을 했다.

"뒷자리에 있습니다."

"그래?"

뒷자리에 있다는 김영수의 말에 이안용은 차 뒤쪽으로 가서 문을 열었다.

"헉!"

그런데 이안용이 문을 열자 유모차에 타고 있는 아기가 자신을 보고 있는 모습을 보자 깜짝 놀라고 말았다.

그도 양심은 있는지 납치 의뢰를 해 놓고 납치된 아기와 눈이 마주치자 깜짝 놀란 것이다.

"아니, 재우지도 않고 데려오면 어떻게 해!"

수한과 눈이 마주친 것에 깜짝 놀랐던 이안용은 괜히 김영수를 보며 신경질을 냈다.

사실 보통 납치된 아이들이 비명을 지르거나 소리를 치지 못하게 잠을 재워 오는 것이 관례였다.

납치를 했는데 중간에 아이들이 소리를 질러 주변의 시선을 끌면 큰일이기 때문이다.

그런데 지금 아기가 눈을 동그랗게 뜨고 자신을 쳐다보고 있으니 얼마나 놀랐는지 모른다.

한편 이안용이 무엇 때문에 지금 화를 내는지 잘 알고 있지만 김영수는 현재 자신의 피붙이를 이안용에게 넘기고 있다고 착각을 하는 중이라 그도 심기가 무척이나 불편했다.

그 때문에 이안용이 화를 내고 자신에게 고함을 치는 것에 좋은 말이 나가지 않았다.

"이렇게 어린 아기에게 그 약품이 얼마나 나쁜 영향을 주는지 몰라서 하는 소리요."

"그러다 잘못되면 더 큰일이 벌어진다는 것도 모르나!"

"아, 이 아기는 순해서 오는 동안 아무런 문제없었으니 그리 알고 돈이나 주시오."

김영수는 기분도 좋지 않은데, 괜한 것으로 꼬투리 잡는다 생각하고는 그렇게 쏘아붙이듯 말하고 돈이나 달라고 말을 했다.

그런 김영수의 모습에 이안용은 순간 흠칫했다.

비록 자신들이 이들에게 의뢰를 하는 입장이긴 하지만 김영수의 정체는 조폭이었다.

그런 사람이 뭔가 기분이 좋지 않아 보이자 이안용도 더 이상 뭐라 할 수가 없었다.

솔직히 수틀려 그가 자신을 해코지 한다면 당할 수밖에 없지 않은가?

비록 이곳이 자신의 직장이라 해도 현재 이곳에서 자신을 도와줄 사람은 너무도 멀리 떨어져 있기에 괜히 깡패를 더 이상 자극하지 말아야겠다고 생각했다.

"뭐 아무런 일 없었다고 하니 더 이상 말하지는 않겠소. 하지만 다음에도 이러면 그때는 그냥 넘어가지 않을 것이니 그렇게 아시오."

이안용은 그래도 마지막 자존심을 지키기 위해 엄포를 놓고 김영수에게 자신을 따라오라는 말을 하였다.

"돈은 내 방에 있으니 아기를 데리고 따라오시오."

앞장서서 걸어가는 이안용을 보며 김영수는 한숨을 쉬고는 수한이 타고 있는 유모차를 차에서 꺼내 밀고 그의 뒤를 따라갔다.

◆　　◆　　◆

"병신 같은 놈!"

정대한은 자신의 앞에 앉아 있는 아들을 보며 그렇게 말을 하였다.

"음……."

아버지의 막말에도 정명수는 그런 아버지에게 반발을 하지 못했다.

현재 자신은 유괴된 아들을 찾기 위해 도움을 청하러 온 것이기 때문이다.

더욱이 지금 아버지가 하는 말이 전적으로 옳았다.

자신은 병신이었다. 자신의 가족도 지키지 못한 병신.

비록 자신이 업무를 보던 시간이라 불가항력적이었다고 하지만 그건 변명에 지나지 않는다.

어찌 되었든 아들이 유괴될 때 막지 못했던 자신은 병신이고 죄인이다.

어린 자식이 그런 참담한 경험을 하게 만든 천고의 죄인인 것이다.

그러니 지금 아버지의 막말에도 어떤 변명을 할 수 없었다.

"도와주십시오."

"그렇게 큰소리치며 나가더니 결과가 이거냐!"

도와달라는 명수의 말에도 정대한은 계속해서 그의 속을 긁었다.

한편 자신의 말에 어떤 반응도 없이 그저 도와달라고만 하는 아들의 모습에 그가 얼마나 이번 일에 도움을 원하고 있는지 잘 알 수 있었다.

"찬하가드 이 사장에게 말해 놨으니 기다려 봐라!"

그동안 고개를 숙이고 그저 아버지의 말에 도와달라고만 하고 있던 정명수는 아버지가 하는 말에 고개를 번쩍 들었다.

천하가드 이종찬 사장에게 연락을 했다는 아버지의 말에 정명수는 눈이 번쩍 뜨였다.

정명수도 이종찬 사장이라면 이번 일을 무사히 마무리할 수 있을 것이란 생각이 들었다.

다만 그가 너무 과격하게 일을 만들지나 않을지 그것이 걱정이었다.

명수가 알고 있는 이종찬은 무척이나 냉혹한 사람이었다.

적이라 판명된 상대에게 절대로 용서가 없는 그야말로 잘 벼려진 무사와 같은 사람이었다.

"이종찬 사장이라면 안심이 되기도 하지만 한편으로는 그가 너무 일을 크게 벌이지나 않을지 그것이 걱정이 되네요."

정대한은 너무 일을 크게 벌이지 않을까 걱정이라는 아들의 말에 차갑게 대꾸를 했다.

"감히 정 씨 가문의 혈족을 건들고 무사하려 한다면 그게 이상한 일이지."

우려를 표하는 아들의 말에 마치 이종찬 사장이 일을 크게 벌여 주길 기다린다는 말을 하는 정대한 회장이었다.

그런 아버지의 모습에 자신의 아버지가 가족들에 관해 어떻게 생각하고 있는지 다시 한 번 깨달았다.

사실 10년 전에도 그랬다. 명수 본인도 아버지가 가족들을 어떻게 생각하는지 너무도 잘 알고 있었지만 그 외의 존재들에게 얼마나 가혹한지도 너무도 잘 알았다.

당시 자신이 미영과 연애를 하고 있는 것을 잘 알면서도 미영이 고아라고 해서 배척을 했다.

그리고 자신에게 미영과 헤어지길 종용하다 말을 듣지 않자, 미영을 찾아가 자신과 헤어지란 말을 했었다.

아무리 자식을 위한 말이라고 해도 자식의 의견에 반대되는 행동을 서슴없이 하는 아버지의 모습에 반발해 의절을 하고 집을 나와 미영과 결혼을 하였다.

마치 보란 듯이 그렇게 반항적으로 한 결혼이지만 명수
는 절대 그 결혼을 후회하지 않았다.

집을 나와 고생을 하였지만 자신을 헌신적으로 뒷바라지
하는 미영으로 인해 너무도 행복하고 또 그 행복의 결실들
이 하나, 둘 생기며 얼마나 행복했는가?

그런 생각을 하니 명수는 자신도 모르게 입가에 미소가
걸렸다.

하지만 그것도 잠시 그런 행복을 파괴하려는 어떤 이들
로 인해 현재 자신의 아들이 유괴가 되었다.

그런데 아기를 유괴를 했다면 의당 뭔가 요구하는 연락
이 와야 하는데, 유괴된 지 반나절이 지났지만 아직까지
범인들에게서 연락이 없었다.

명수는 그 때문에 입안이 바짝 말라 갔다.

"그런데 범인들에게서 연락이 없는 거냐?"

"예, 경찰들도 이렇게 연락이 없는 것을 보니 어쩌면 아
기가 없는 불임 부부가 아기를 보고 자신들이 키우려고 유
괴한 것은 아닌가? 하는 말을 하더군요."

명수의 이야기를 들은 정대한 회장도 그 말에 고개를 끄
덕일 수밖에 없었다.

사실 아이를 유괴한 유괴범들은 대체로 유괴한 뒤 몇 시
간 지나지 않아 아이의 부모에게 연락을 하여 돈을 요구한

다든가, 아니면 자신이 무엇 때문에 아이를 유괴하였는지 말을 하며 자신들이 원하는 것을 요구하였다.

그렇지만 그런 금품을 목적으로 한 유괴가 아니라 아이를 키울 목적으로 유괴하는 부류가 있는데, 대부분 이런 부류의 유괴범들은 다른 목적이 있어 유괴를 한다는 것보다 충동적으로 눈앞에 아기가 보이자 유괴를 하는 경우다.

이런 경우에 범인을 초기에 찾아내기가 무척이나 어렵다.

뭔가 사전 계획이 있는 전자의 경우는 흔히 유괴된 아이의 근저에 자주 목격이 되기 때문에 흔적이 남는데, 후자의 경우는 우발적으로 발생하다 보니 그런 흔적이 남지 않는다.

그 경우 범인들이 자수를 하거나 아니면 아기를 자발적으로 돌려보내지 않는 이상 찾기란 불가능했다.

아무리 수한이 똑똑하고 말을 잘한다고 해도 어른들이 꼭꼭 숨기고 있으면 아무리 많은 경찰과 사람들이 동원이 된다고 해도 찾기란 불가능한 일이리라.

정명수는 그것이 걱정인 것이다.

다행이라면 백화점 직원의 말을 들어 봤을 때 20대 중반에서 30대 초반으로 보이는 말끔한 인상의 사내가 와서 수한을 데려갔다는 말을 듣고 후자이기보다는 전자란 생각이 들었다.

수한을 목적으로 접근한 것으로 경찰도 판단하고 있었다.

대낮에 그것도 백화점에 남자 혼자 유아복 코너가 있는 3층에 돌아다니지는 않을 것이기 때문이다.

목적이 있기에 그 시각에 혼자 그곳에 있었다고 판단이 되었다.

그리고 그것을 뒷받침 하는 증거로 3층에 있던 고장 나지 않은 CCTV카메라에 찍힌 범인으로 보이는 남자의 모습이 포착되었기 때문이다.

비록 멀고 해상도가 떨어져 범인을 알아볼 만한 사진은 없었지만 그의 범행이 계획된 유괴라는 뒷받침할 증거로는 충분했다.

돈을 목적으로 한 유괴가 아니란 것에 어느 정도 안심이 되기도 했다.

사실 많은 유괴사건 중 첫 번째 유형보다 두 번째 유형의 유괴사건이 유괴되었던 아이가 살아 돌아올 확률이 높았기 때문이다.

"넌 돌아가서 며늘아기나 돌봐 주고 있어!"

"아버지!"

정명수는 갑작스런 아버지의 말에 깜짝 놀랐다.

그동안 자신의 아버지는 아내를 인정하지 않고 있었기 때문이다.

사실 자신이 10년 동안 아버지와 의절을 한 이유에는 그것도 한 이유였다.

자신과 결혼을 하고 자식까지 봤는데 며느리로 인정을 해 주지 않았기 때문이다.

어떻게 자신의 자식까지 낳아 준 아내를 며느리로 인정을 하지 않을 수가 있단 말인가.

그 때문에 더욱 그동안 연락을 하지 않은 것도 있었다.

그런데 어떤 것이 아버지로 하여금 아내를 며느리로 인정을 받게 해 주었는지 알 수가 없었다.

"내 화가 다 가라앉은 것은 아니니 그렇게 알고, 이 사장이 일을 마칠 때까지 기다려 봐!"

"알겠습니다, 다음에 찾아오겠습니다."

호사다마라……. 아버지가 아내를 인정한다는 말을 들었지만 현재 상황이 상황이다 보니 기뻐할 수가 없었다.

"나가 봐!"

"예, 그럼 다시 찾아뵙겠습니다."

"그래, 다음에 올 때는 큰아이도 데려와라!"

거듭된 아버지의 놀라운 말에 명수는 눈이 커질 수 없을 정도로 커졌다.

그런 아들의 모습에 정대한은 고개를 돌리고 나가 보라는 손짓을 하였다.

아버지의 뜻밖의 모습에 잠시 멈칫하던 정명수도 조용히 인사를 하고 밖으로 나왔다.

한편 밖으로 나가는 아들의 뒷모습을 잠시 지켜보던 정대한의 눈빛이 바뀌었다.

'감히 내 손자를 납치해?! 어떤 놈인지 내 가만두지 않겠다.'

사실 아까 전 명수와 이야기를 하면서 이종찬 사장이 일을 크게 벌이지 않길 원하는 명수와 달리 정대한은 이번 기회에 한 번 대한민국을 뒤집어 줄 생각이었다.

예전 자신의 아버지가 천하그룹을 이끌 때는 감히 자신의 집안에 시비를 거는 집단이 없었다.

아니, 초기 자신의 아버지가 천하건설을 설립하고 운영을 할 때는 멋모르고 덤비는 자들이 있었다.

하지만 가문의 무력을 이용해 모두 쓸어버리고 기반을 다져 천하그룹을 만들자 아무도 도전하는 이들이 없었다.

그것은 천하그룹보다 상위에 있는 그룹들도 마찬가지였다.

재력이야 천하그룹보다 대단한 곳은 대한민국에 많았다.

하다못해 명동의 큰손들 중에서도 천하그룹보다 더 돈이 많은 자들도 몇 명 있었다.

하지만 그들도 감히 천하그룹이 손대는 사업에 끼어들 엄두를 내지 못했다.

그만큼 철저하게 보복을 했기 때문이다.

그러다 보니 천하그룹을 쉽게 보는 집단이 없어졌다.

하지만 세월이 흐르고 용역깡패처럼 활용하던 가문의 무력조직을 천하가드라는 경호업 회로 양지로 끌어올리면서 조용히 지내다 보니 요즘 들어 천하그룹을 상대로 간 보기를 하는 자들이 발생했다.

물론 그건 오랜 역사를 가진 집단들 보다는 벤처 붐을 타고 급성장한 기업들 중에 몇 그리고 천하그룹처럼 음지에서 힘을 키워 양지로 나온 몇몇 기업들 중에서 그런 조짐이 나오고 있었다.

정대한 회장은 그래서 이번 기회에 천하그룹을 건들이면 어떻게 된다는 것을 다시 한 번 상기시켜 줄 필요가 있다고 생각하고 있었다.

울고 싶은데 뺨을 때린다고 했던가. 지금이 딱 그 짝이었다.

의절했던 아들이 둘째를 봤다는 소식을 들었다.

더욱이 손자가 무척이나 똑똑해 이제 돌도 되지 않아서

말을 하고 또 영재 테스트에서 엄청난 지능을 발휘했다는 소식을 듣게 되었다.

그 때문에 이제나저제나 기회를 봐 아들을 불러들이려고 하던 찰나에 이런 사고가 발생한 것이다.

참으로 공교로울 정도로 시기가 적절하게 천하그룹의 상황과 맞물려 터졌다.

누군가 마치 짜 놓은 연출처럼 일이 벌어진 것이다.

이번 사건이 정대한 회장의 입장에서 나쁠 것도 없었다.

이 사건을 계기로 의절했던 아들과 화해도 하고 또 회사를 노리는 자들에게 경고도 할 수 있으니 이보다 좋을 수는 없었다.

물론 유괴된 손자도 무사히 구출을 해야 하겠지만 말이다.

생각을 정리하는 정대한 회장의 눈빛은 그 어느 때보다 차갑게 빛났다.

이안용 부원장에게 잔금을 받은 김영수의 눈빛이 잔잔하게 흔들렸다.

돈을 다 받았으니 이젠 자신은 이곳을 떠나야 했다.

하지만 수한을 놓고 떠나야 하는 그의 심정은 무척이나 심란했다.

생이별을 하는 난민마냥 그의 눈빛은 처연하게 빛났다.

하지만 언제까지 이곳에 있을 수는 없었다.

"수한아 잘 있어라…… 아저씨 간다."

"응, 잘 가!"

수한은 자신을 보며 마지막 인사를 하는 김영수를 보며 담담하게 인사를 하였다.

하지만 그런 수한의 인사에도 김영수는 차마 쉽게 발걸음이 떨어지지 않아 느릿하게 움직이며 방을 나섰다.

한편 그런 김영수의 모습에 이안용은 고개를 갸웃거렸다.

겨우 하루 본 아기에게 저런 모습을 보이는 김영수가 이해가 가지 않았기 때문이다.

그런데 참으로 이상한 일이었다.

분명 수한의 몸에는 프렌들리 마법이 걸려 있기에 수한을 본 사람이라면 김영수와 비슷한 반응을 보여야 하지만 이안용은 그런 반응을 보이지 않았다.

수한이 김영수가 작별인사를 하는데도 그렇듯 무심하게 반응한 것도 지금 이안용이 보이는 태도 때문에 그것을 생각하느라 그런 것이었다.

'무엇 때문에 이자에겐 마법이 통하지 않는 것이지?'

수한의 머릿속에는 온통 이 생각뿐이었다.

어떤 이유로 이안용에게 자신의 마법이 통하지 않는 것인지 원인을 알 수가 없었기 때문이다.

하지만 그건 의외로 간단한 것이었다.

아직 수한은 알지 못하지만 이안용이나 아직 보지 못한 최제국은 소시오패스였다.

타인과의 교감신경이 결여된 사람이기에 겉으로 보기에 멀쩡해 보여도 정신적으로 문제가 있었다.

아무리 마법이라도 이런 타인과의 교감이 결여된 상대에게 없는 감정을 만들어 줄 수는 없었다.

즉 프렌들리 마법은 대상이 가지고 있는 감정을 끄집어내 그것을 극대화 하는 것이다.

그런데 소시오패스에게는 그런 감정이 없었다.

머리로는 생각하지만 감정적으로 그것을 받아들이지 않기에 호감이란 감정 자체가 없는데, 그런 감정을 자극하는 마법인 프렌들리 마법이 효과가 있을 수 없는 것이다.

예를 들자면 꺼져 가는 불씨에 연료를 공급하는 것이 마법이라면 소시오패스는 그 불씨 자체가 없기 때문에 연료를 가져다 부어도 불이 타오르지 않는 것과 마찬가지인 것이다.

수한이 좀 더 자라서 이런 정보를 얻게 된다면 마법이 없는 세상이지만 마법이 절대적인 힘을 발휘하지 않는다는 것을 알게 될 것이다.

아직까지 수한이 알게 된 이 세상의 정보는 한정되어 있기 때문에 앞으로 알아 가야만 했다.

김영수가 나가고 이안용은 수한을 한참 쳐다보다 김영수가 무엇 때문에 이 아기에게 그런 모습을 보였는지 알 수가 없었다.

물론 잘생기고 사람들의 관심을 끄는 외모를 가지고 있기는 하지만 특별한 뭔가는 느껴지지 않았다.

"물건이 왔으니 원장님께 보고를 하고 일단 샘플을 채취해야지."

'뭐야!'

수한은 이안용에게 자신의 마법이 통하지 않는 것에 대하여 생각을 하고 있다가 이안용이 중얼거리는 소리를 듣게 되었다.

참으로 소름끼치는 소리가 아닐 수 없었다.

인간을 상대로 실험동물에게서 하듯 샘플을 채취한다는 말을 듣게 되자 수한은 자신도 모르게 소름이 끼쳤다.

'설마 여기가 흑마법사들의 소굴인가? 아니 이곳에는 마법이란 것 자체가 없다고 했는데?'

수한은 지금 무척이나 혼란스러웠다.

분명 자신이 알아 본 이곳의 정보에는 마법이란 것 자체가 허구이고 현실에서는 있을 수 없는 것이라 규명되었다.

하지만 지금 이자가 하는 말을 들으며 마치 이케아 대륙에 있던 흑마법사들이나 이단으로 몰린 일부 연금술사들이 생각났다.

이케아 대륙에는 많은 마법들이 혼재해 있기 때문에 흑마법이라고해서 배척을 받는 것은 아니었다.

하지만 유일하게 배척되고 또 알려진다면 전 대륙이 나서서 척결하는 것이 있는데, 그것이 바로 인간을 대상으로 하는 마법들이었다.

즉 인체실험을 하는 것만이 불법으로 규정이 되어 처단을 받았다.

하지만 일부 마법사들은 자신이 가진 마법의 클래스를 높이거나 마법의 위력을 높이기 위해 인체실험을 감행했다.

이는 백마법이나 흑마법 구별하지 않고 인간의 욕망에 의해 그런 실험이 감행되었다.

그렇기에 인간을 대상으로 하는 마법사 모두를 마법에 관계없이 어둠에 물들었다고 생각해 흑마법사 집단이라 몰아가 척결했다.

만약 인체실험을 한 마법사들을 그냥 두었다면 이케아 대륙은 아마도 멸망하고 말았을 것이다.

무분별하게 마법의 위력을 높이기 위해 인체실험을 하거나 마력을 얻기 위해 인간을 대상으로 마력을 강탈하는 실험이 자행될 것이기 때문이다.

사실 그런 실험이 행해졌고 성공하기도 했다.

하지만 그 마법을 익힌 마법사는 흑마법사 악마에게 영혼을 판, 존재라 하여 전 대륙의 공적이 되었다.

수한도 이케아 대륙 즉 제로미스로 삶을 살아갈 때 그런 자를 사냥한 적도 있었다.

그런데 지금 이곳에서 그와 비슷한 자를 발견한 것이다.

아직 자신은 힘이 없었다.

이곳에 환생을 하고 최고의 위기가 아닐 수 없었다.

아무리 자신이 마법을 가지고 있다고 하지만 이제 겨우 1클래스일 뿐.

1클래스의 마법을 가지고 이제 겨우 아기인 몸으로 이곳을 빠져나갈 수는 없었다.

정말이지 수한으로서는 절체절명의 위기가 바로 지금이었다.

9.
세뇌작업

"수상한 승합차가 당시 백화점에서 얼마 떨어지지 않은 곳에 장시간 주차되어 있었다고 합니다."

천하가드의 이종찬 사장은 부하직원들이 알아온 정보를 일단 정대한 회장에게 보고를 하였다.

천하가드의 정보망은 대한민국 전역에 퍼져 있어 수한의 유괴사건을 담당하는 경찰들 보다 한 발 빠르게 정보를 취득하였다.

어차피 경찰들도 주변에 설치된 CCTV나 당시 백화점 주변에 주차되어 있던 차량들의 차량용 블랙박스를 통해 탐문을 하거나 백화점 일대를 구역으로 하는 조폭들을 통해 정보를 취득하고 있다.

천하가드 또한 경찰들과 비슷하게 추적을 하고 있었지만 실질적으로 정보를 전달해 주는 조직들은 경찰 보다는 그래도 한때 비슷한 일을 했던 천하가드에 먼저 정보를 넘겼다.

사실 조폭들도 그냥 땅을 파서 정보를 알아 오는 것이 아니었다.

경찰은 나중에 사건이 생겼을 때 빼 주겠다는 떡밥을 던지지만 천하가드는 실질적인 그들이 필요한 것을 주었다.

그것은 바로 돈이었다. 조직 폭력배들도 돈이 있어야 어깨에 힘을 주고 다니며 주변에 자신들을 알리는 것이다.

그러니 천하가드에서 돈을 주고 정보를 사고 있으니 경찰보다 빠르게 정보를 전달해 주고 있었다.

더욱이 천하가드는 정보를 얻기 위해 달라는 대로 주는 호구가 아니었다.

들어 보고 적당한 가격으로 정보료를 주었지만 만약 터무니없는 요구나 거짓 정보를 넘겼을 때는 확실하게 보복을 하였다.

그러다 보니 조폭들에게는 경찰보다 오히려 이들이 더욱 무서운 존재였다.

막말로 경찰은 정보를 주지 않았다고 깡패들에게 폭력이나 턱없는 보복을 하지 않는다.

그랬다가는 오히려 덤터기를 쓰고 옷을 벗거나 손해배상을 해야 할 것이기 때문이다.

물론 깡패들을 엮으려면 어떤 명분을 만들어서라도 감방에 처넣을 수도 있겠지만 경찰도 괜히 긁어 부스럼을 만들 생각이 없기에 그리하지는 않는다.

하지만 천하가드는 달랐다.

뒷배경으로 천하그룹이라는 막강한 힘이 도사리고 있고, 또 자체적으로도 상당한 무력을 가지고 있으니 조폭들이 함부로 할 수가 없었다.

특히나 합법과 불법을 넘나들면서 아주 지능적으로 일을 처리하다 보니 조폭들이 알아서 머리를 숙였다.

이것이 바로 대한민국 대기업들이 일을 하는 방식이다.

그리고 천하가드의 이종찬 사장은 이런 힘의 논리를 너무도 잘 알고 있는 사람이다 보니 수한의 유괴사건에 확실하게 이 힘을 사용하고 있었다.

"비록 당시 사용했던 승합차가 대포차량이기는 하지만 현 소유주를 조금의 시간만 있으면 알아낼 수 있습니다."

차분하게 회장인 정대한에게 보고를 하는 이종찬의 입가에는 뭐가 그리 즐거운지 미소가 떠나지 않고 있었다.

수한의 유괴사건을 조사하라는 명령을 받고 조사를 하는 과정에서 이종찬은 이번 일이 결코 단순 유괴가 아니란 것을 알게 되었다.

사건을 조사하는 과정에서 이와 비슷한 유괴사건이 전에도 대한민국에서 상당한 사건이 있었다.

하지만 경찰은 조사를 하던 중 어느 순간 한계에 부딪히고 말았다.

어렵게 단서를 가지고 추적을 하면 마치 경찰을 추적을 알고 있다는 듯 꼬리를 자르고 모습을 감추었다.

더욱 이상한 것은 유괴 대상의 아이들이 하나같이 영재나 수재로 알려졌다는 공통점이 있었다.

정대한 회장에게 보고를 하면서도 그의 눈은 테이블 위에 놓인 여러 장의 보고서들을 보고 있었다.

실종 당시 사진이 붙어 있는 서류 여러 장이 이종찬의 눈에 들어왔다.

'이번 일도 이 미제사건들과 연관이 있을 것이다. 아니, 어쩌면 이 사건들의 범인이 모두 같은 자들일지 모르겠군!'

이종찬의 느낌으로는 수한의 유괴가 경찰에서 발표한 것처럼 단순 돈을 노린 유괴가 아니라 돈이 아닌 어떤 목적에 의해 유괴가 되었다는 생각이 계속해서 머릿속에 감돌았다.

더욱이 부하 직원들이 조사한 것들 중 이번 사건과 유사

GREAT
그레이트 코리아
KOREA

한 사전이 전국적으로 한두 건이 아니라고 올라와 있었다.

즉, 이번 유괴사건과 같은 일이 과거에도 있었다는 소리였다.

그리고 그 배후에 상당한 조직이 있을 것으로 예상이 되었다.

그러니 경찰의 조사에도 꼬리를 자르고 숨을 수 있으니 말이다.

어떤 경우에는 누군가 고의적으로 경찰에 압력을 넣은 정황도 보이고 있었다.

실종된 영재들 중 겉으로 드러난 수한의 배경보다 더한 아이도 있었기 때문이다.

현재 유괴된 수한의 배경으로는 그저 수한의 아버지 정명수가 외무부 사무관이라는 것 정도만 밝혀진 상태다.

하지만 이종찬이 받아 든 보고서에는 비슷한 유형으로 실종된 아이들 중 그보다 더한 배경을 가진 아이도 있었다.

하지만 수사는 미궁으로 빠지면서 너무 오랜 시간 공권력을 낭비할 수 없다는 취지하에 소수 인원만 수사를 하고, 꾸려졌던 수사본부는 해체가 되었다.

이종찬이 보기에 이것은 외부에서 압력을 넣었기에 발생한 일이라 생각했다.

그렇지 않고서야 고위공직자의 가족이 실종이 되었는데 수사를 잠정 중단한다는 것은 말이 되지 않는다.

대한민국의 공권력은 절대로 자신들과 연관된 일에는 절대로 물러서지 않는다.

다만 그보다 더 강한 권력이 눌렀을 때만 멈출 뿐이다.

그런데도 사건을 수사 중단 했다는 것은 당시 실종된 아이의 집안에서 넣는 압력보다 더 큰 권력이 경찰의 수사를 방해했다고 판단이 되는 부분이다.

이종찬은 이 때문에 흥분하고 있었다.

참으로 오랜만에 싸워 볼 만한 사냥감이 걸려들었다는 생각이 들기 때문이다.

"누구냐……."

자신도 모르게 범인이 누군지 잠시 혼잣말을 하던 이종찬은 창밖을 보며 지금 이 땅 어딘가에 있을 범인들을 생각했다.

위잉!

밝은 실내, 환기시스템 돌아가는 소리만 작게 실내를 울리고 있었다.

그곳에는 많은 작은 방들이 있었는데, 각 방마다 비슷한 또래의 아이들이 한두 명 많아 봐야 5명 미만의 아이들이 컴퓨터 화면을 보며 무언가를 하고 있었다.

그런데 그 아이들에게는 공통점이 있었는데, 하나같이 머리를 박박 밀었다는 것과 그런 민머리에는 여러 개의 센서를 붙이고 있다는 것이다.

그것들은 아이들 머리에 붙어서 아이들이 어떤 것을 보고 뇌파가 반응하는지 포착하는 기계에 연결되어 있었다.

그리고 그런 아이들이 보이는 뇌파를 분석하는 어른들이 있는 또 다른 방이 있었다.

이렇게 각 방에는 아이들과 그 뒤편에 일단의 어른들이 뭔가를 조작하는 방이 한 공간에 있었다.

뚜벅뚜벅.

최제국은 복도를 걸으며 좌우 양쪽에 있는 방을 살피며 걸어갔다.

각 방에는 커다란 창이 있었지만 특수유리로 제작이 되어 있어 안에서는 절대로 밖을 볼 수가 없었다.

센서를 붙이고 있는 아이들은 이곳 일신학원에서 비밀리에 세뇌를 시키고 있는 영재들이었다.

이들은 부모가 직접 이곳 학원을 찾아와 맡긴 아이도 있고 또 최제국이 조폭을 이용해 납치한 아이도 있었다.

하지만 이들은 현재 이곳 연구소에서 실시한 세뇌학습으로 인해 최제국이 원하는 인재가 되어 가고 있었다.

납치가 되었던 아이도 과거 자신의 부모는 잊고 최제국을 자신의 양부로 또는 자신을 구해 준 사람으로 인식하고 맹목적으로 따르고 있었다.

비 인륜적인 실험을 하더라도 이미 세뇌가 끝난 아이들이라 아무런 거부반응 없이 실험에 따르고 있었다.

물론 그런 실험을 하는 것은 여기 층이 아니라 조금 더 지하 깊은 곳에 마련되어 있었다.

최제국은 지금 세뇌 프로그램이 한창 진행 중인 방을 찾아가고 있었다.

"이봐, 부원장."

"예, 원장님."

"그 아이는 준비가 되었겠지?"

최제국은 부원장인 이안용을 보며 물었다.

하지만 최제국의 기대와 다르게 이안용의 대답은 그가 원하는 대답이 아니었다.

"그게 아직 세뇌가 끝나지 않았습니다."

"그게 무슨 소리야?"

이안용의 보고에 최제국이 가던 걸음을 멈추고 고개를 돌려 물었다.

수한이 이곳에 온 지 벌써 이틀이나 지났다.

그런데 아직도 세뇌가 끝나지 않았다는 말에 깜짝 놀랐다.

물론 세뇌라는 것이 사람에 따라 시간이 좀 다르긴 하지만, 이제 겨우 돌도 되지 않은 아기를 세뇌하는 데 이렇게 시간이 오래 걸린다는 것이 말도 되지 않았다.

4—5세 아이라도 일주일이면 세뇌가 끝난다.

이는 아이가 성장을 하면서 학습을 통해 자아를 형성하기 때문에 그런 것이다.

비록 성인처럼 완벽한 자아를 가지진 못하였지만 막 자아가 형성되는 시기이기에 아주 중요하다.

그렇기 때문에 이때 제대로 세뇌를 하게 되면 평생 세뇌가 풀리지 않고 죽을 때까지 그 상태를 유지한다.

하지만 갓난아기는 다르다.

갓난아기에게는 아직 사회활동이나 학습이 제대로 이루어지지 않는 시기이다.

그러니 이때는 주변에서 주입하는 내용을 그냥 받아들인다.

어찌 보면 인격 형성에 중요한 시기인 4—5세 때 보다 세뇌를 시키는 입장에서 더욱 쉽게 자신들이 원하는 대로 인격을 만들 수도 있게 되는 것이다.

그러니 세뇌는 더욱 쉬워 일찍 끝나야 맞는 말인데, 아직도 끝나지 않았다는 말에 깜짝 놀랐다.

"아직까지 세뇌가 되지 않는 원인을 아직 찾지 못하고 있습니다."

"허 우리 연구소가 이렇게 허술했던가? 겨우 갓난아기 하나 어쩌지 못해서⋯⋯."

최제국은 이안용 부원장의 말에 어이가 없었다.

겨우 갓난아기를 어쩌지 못해 쩔쩔매고 있다는 말에 화도 나지 않았다.

최제국은 가던 걸음을 되돌아 걷기 시작했다.

"그곳으로 가지!"

"예"

이안용은 최제국의 말에 쩔쩔매면서 그의 앞으로 걸음을 빨리 걸었다.

이들이 향하는 곳은 학원 지하에 있는 세뇌실이었다.

정식 명칭은 그것이 아니지만 이곳에 있는 연구원들은 이곳을 세뇌실이라 불렀다.

작은 침대가 놓여 있고 침대에는 갖가지 센서들이 붙어

있었다.

머리 쪽에는 작은 스피커가 있는데 그곳에서는 잔잔한 음악이 흘러나오고 있었다.

낮은 조명이 공간에 들어온 대상을 차분하게 만들어 주고 있었으며, 스피커에서 흘러나오는 음악은 대상을 숙면에 취하고 있는 상태로 인도했다.

그리고 침대와 연결된 각종 센서들은 침대에 누워 있는 대상의 신체 반응을 꼼꼼히 체크를 하고 있었다.

이 방과 벽 하나를 두고 있는 또 다른 방에서는 침대가 있는 방의 아이들과 다르게 모두 성인으로만 구성이 되어 있었는데, 그들은 하얀 가운을 입고 두꺼운 도수의 안경을 쓰고 있었는데, 하나같이 한 손에는 테블릿을 들고 또 한 손에는 테블릿을 작성하는 전자펜이 들려 있었다.

아이들의 머리와 연결된 센서에서 보낸 신호를 꼼꼼히 체크를 하며 자신이 들고 있는 테블릿에 열심히 뭔가를 적고 있었다.

덜컹!

갑자기 아무런 신호도 없이 문이 열리자 일에 열중하고 있던 연구원들이 고개를 돌리며 문 쪽을 향해 시선을 던졌다.

원칙대로라면 무척이나 신경질적인 반응을 보였어야 하

지만, 소음을 내며 들어온 사람이 이곳 연구소의 소장인 최제국이었기 때문에 아무런 불평을 내보일 수 없었다.

이곳에 있는 연구원들의 임용권한을 가지고 있는 사람이 바로 그이기에 연구원들은 자신들의 연구가 방해를 받았지만 한소리 못했다.

일신학원과 이곳 연구소의 최고 책임자인 최제국, 그는 날카로운 눈빛으로 무언가를 찾았다.

그런 최제국의 시선이 무얼 하고 있는지 깨달은 이안용은 얼른 연구원들이 보고 있는 화면 중 하나를 가리켰다.

"저겁니다."

"저건가?"

"예."

최제국은 이안용이 가리킨 화면을 향해 걸어갔다.

화면 한쪽에 수한의 모습이 보이고 또 화면 다른 곳에 여러 가지 신호가 포착이 되었다.

"지금 얼마나 진행이 된 것인가?"

최제국은 화면을 보며 세뇌가 얼마나 진행이 되었는지 물었다.

"그것이 아직까지 아무런 진척이 없습니다."

"뭐야?"

이틀이나 지났는데, 아무런 진척이 없다는 말에 최제국

은 믿을 수 없다는 표정이 되어 소리쳤다.

"설마 내가 준 프로그램을 들려주고 있는데, 아무런 진척이 없다고?"

최제국은 수한의 세뇌작업에 기존의 프로그램이 아닌 일본에서 가져온 프로그램을 주었다.

그가 전해 준 프로그램은 일본의 내각정보국에서 사용하는 것으로 성인도 약물과 함께 사용하면 세뇌가 될 정도로 아주 뛰어난 세뇌 프로그램이다.

물론 이건 모두 불법적인 일이다.

하지만 세계 각국은 알게 모르게 이와 비슷한 프로그램을 이용해 자국에 도움이 되는 인물들을 세뇌하여 이득을 취하고 있었다.

주로 스파이들을 붙잡았을 때 이 프로그램을 사용하는데, 이렇게 세뇌가 된 스파이는 이중첩자로 활용하여 스파이를 파견한 나라에 막대한 피해를 입히고 있었다.

그런데 비록 약물을 혼용하여 사용하지 않았다고 하지만, 아직 인격도 형성되지 않은 아기가 세뇌 프로그램에 저항을 하고 있다는 말에 놀라지 않을 수 없었다.

"벌써 두 차례나 반복하고 있지만 여길 보시면……."

보고를 하던 연구원은 자신의 테블릿을 조작하여 뭔가를 최제국에게 보여 주었다.

연구원이 보여 주고 있는 것은 다름이 아니라 세뇌 프로그램을 듣고 수한이 반응한 신체반응 신호였다.

어제부터 실시된 세뇌는 지금까지 모두 자료화 하여 테블릿에 저장이 되어 있었다.

하지만 연구원이 보여 준 내용에는 수한이 아직 세뇌가 되지 않은 상태라고 나와 있었다.

만약 세뇌 프로그램이 안정적으로 대산의 뇌에 심어지면 뇌파에 변화가 일어난다.

물론 그게 계속되는 것이 아니라 어느 순간 기존의 뇌파와 파장이 바뀌었다가 다시 시간이 지나면 안정적으로 변한다.

그런데 수한에게는 그런 변화가 없었다.

마치 고도로 훈련된 스파이의 뇌파를 보듯 아주 고르고 안정된 파장을 보이고 있을 뿐이다.

최제국도 이렇게 안정돼 뇌파를 보이는 사람은 본 기억이 없었다.

훈련된 군인들도 이런 뇌파를 보이기 힘들 뿐 아니라 일류 스파이라 자부하는 일본의 내각정보국 요원들도 실험에서 이런 반응을 보여 주지 못했다.

사실 일본의 내각정보국 요원들은 정식요원이 되기 전 수한이 받고 있는 세뇌 프로그램을 시술 받는다.

그래야만 만약 스파이 활동을 하다 상대국에 붙잡혔을 때, 정보를 빼앗기지 않기 때문이다.

인간의 뇌는 무척이나 신비하면서도 또 치밀하게 작동을 하는 장기이다.

그런 중요한 기관에 세뇌는 무척이나 많은 부하를 준다.

그런데 세뇌된 상태에서 또다시 정보를 빼내기 위해 세뇌를 하게 된다면 뇌에 과부하가 걸리게 되어 대상은 미치거나 죽게 된다.

일본은 이런 사실을 실험을 통해 알게 된 뒤로 내각정보국 요원들에게 세뇌 프로그램을 하고 나중에 붙잡혔을 때 조직의 비밀을 지키려 했다.

이것도 모두 일본이 2차 대전 당시 인간을 대상으로 인체실험을 하면서 알게 된 비밀 중 하나다.

아무튼 이런 세뇌 프로그램은 세월이 흐르면서 조금 더 효율적으로 발전을 했는데, 최제국이 일본에서 받아 온 프로그램도 그중 일부였다.

그런데 갓난아기가 세뇌 프로그램에 저항을 하고 또 현역 스파이들 보다 더 안정적인 모습이라는 결과에 경악을 하였다.

"말도 안 돼!"

정말 말도 안 되는 결과이지만 기계가 거짓을 말하고 있는 것은 아니기에 그도 믿지 않을 수도 없었다.

◆　　◆　　◆

밖에서 최제국과 연구원들이 수한에 대한 자료를 분석하고 있을 때 수한은 꿈을 꾸고 있었다.

'이게 어떻게 된 일이지?'

분명 자신은 아기가 되어 환생을 하였다.

그런데 지금 자신은 환생하기 전 로메로 왕국 궁중마법사의 모습을 하고 있었다.

하지만 자신의 주변은 분홍빛 안개가 짙게 껴 잘 분간이 되지 않았다.

분명 자신은 누군가에게 납치가 되었고, 또 그들에 의해 어딘가에 팔렸다.

수한은 자신이 납치가 되어 팔리는 장면을 똑똑히 기억하고 있었다.

자신을 산 사람이 하얀 옷을 입은 젊은 남자에게 자신을 넘긴 것까지 기억을 하고 있었다.

젊은 남자에게 넘겨진 자신은 이상한 상자 같은 곳에 뉘이고 이상한 것들을 머리와 몸에 더덕더덕 붙였다.

그리고 잠시 이상한 음악이 흘러나왔는데 참으로 듣기

편한 음악이었다.

그런데 그것까지 기억이 나지만 현재 자신이 왜 죽기 전 대마법사였던 모습을 하고 이곳에 있는지 알 수가 없었다.

잠시 자신의 처지를 생각하고 있을 때 수한의 귀에 이상한 소리가 들리기 시작했다.

그리고 눈을 가리던 분홍빛 안개도 걷히기 시작했다.

뭔가 자신을 부르는 듯한 소리 같기도 하고, 어떻게 들으면 뭔가를 갈구하는 듯한 소리 같이 들리기도 했다.

그 소리가 들리기 시작하면서 주변 풍경도 시시각각 바뀌며 눈을 혼란스럽게 하고 있었다.

수한은 지금 자신에게 일어나고 있는 일들을 차분하게 분석하기 시작했다.

'왜 내게 이런 현상이 벌어지는 것이지?'

대마법사였던 전생을 가지고 있는 수한은 모든 현상을 분석하려는 성향이 있었다.

환생을 하였지만 전생의 기억을 그대로 간직하고 있다 보니 전생의 버릇대로 모든 것을 분석하려는 경향이 있었다.

'그래, 이 모든 것이 내가 너무 앞서서 그런 거야!'

수한은 한참을 생각했다. 자신에게 벌어진 일들에 관해 자신이 이 세계에 환생을 하면서 모든 일을 하나, 하나 기억을 더듬어 분석했다.

그리고 나온 결론은 바로 자신이 너무 똑똑한 모습을 보였기에 벌어진 일이란 결론을 얻었다.

아기면 아기다운 모습을 보여야 했는데, 눈을 뜨자마자 전생의 버릇처럼 주변을 분석하려 했고, 그 과정에서 누나와 부모님에게 특별한 아기로 인식되었다.

뿐만 아니라 영재학원이란 곳에 가서 가족들에게 했던 것처럼 말을 하고 대화도 나눴다.

분명 그건 갓난아기에게선 보일 수 없는 행동들이었다.

그 생각을 하자 자신이 얼마나 위험한 행동을 했는지 이제야 깨닫게 되었다.

갓난아기가 말을 하고 또 어른들도 쉽게 풀 수 없는 문제를 간단하게 풀고 했으니 얼마나 신기하고 또 이상하게 보였을까?

인간의 본성을 누구보다 잘 알고 있는 자신이 행복에 젖어 그런 것을 망각했다.

대마법사로서 참으로 어처구니없는 실수가 아닐 수 없었다.

그 결과로 수한은 자신을 사랑해 주는 가족들과 헤어지게 되었다.

언제 다시 느낄 수 있을지 알 수는 없지만 자신만을 위해 주는 가족들과 헤어지자 수한은 절망감에 빠졌다.

하지만 그것도 잠시 대마법사로서의 정신력을 가지고 있
는 수한은 곧 정신을 차렸다.

그러면서 자신을 납치하라고 사주를 한 이들의 정체가
궁금해졌다.

분명 자신이 I.봇을 통해 이곳에도 인신매매라는 비윤리
적인 행위가 벌어진다는 것을 알고는 있었다.

그렇지만 치안이 전생의 이케아 대륙과는 상대도 되지
않을 정도로 발달한 곳이라 만약 그런 범죄행위가 발각이
되었을 때 가져올 파장은 엄청난 것이다.

인생이 끝장날 수도 있는 범죄라 적혀 있었다.

그런데 그런 일이 자신에게 벌어졌다.

자신의 아버지는 나라 일을 하는 사람으로, 높은 자리에
있다는 것도 알게 되었는데, 그런 것도 무시하면서 자신을
납치했다는 것은 뭔가 위험부담을 뛰어넘을 보상이 있기
때문이란 생각이 들었다.

이런 생각을 하다 보니 수한은 현재 자신의 주변에서 벌
어지고 있는 소리나 현상에 관해 일절 관심을 보이지 않았
다.

수한은 모르고 있지만, 그 소리와 주변에서 벌어지고 있
는 변화는 모두 그를 세뇌하려는 프로그램의 작용이었다.

한참 자신에게 벌어진 일에 대하여 생각을 정리한 수한은 이곳에서 어떻게 하면 빠져나갈 수 있을지 고민을 하였다.

'어떻게 빠져나가지?'

고민을 했지만 결론은 혼자 자력으로는 절대로 이곳을 빠져나갈 수 없다는 결론에 도달했다.

막말로 아무리 자신의 몸에 마력이 충만하여 혼자 움직일 수 있다고 하지만, 아기의 몸으로 움직이면 얼마나 움직일 것이고, 또 현재 자신의 위치를 정확하게 알지 못하는 상태에서 움직인다는 것은 자살 행위나 마찬가지다.

'조력자를 구해야 돼!'

수한은 이곳을 빠져나가 가족의 품으로 돌아가기 위해서는 조력자가 필요하다고 생각했다.

그리고 어떻게 하면 낯선 이곳에서 조력자를 구할 수 있을지 생각을 해 보았다.

하지만 결론은 하나밖에 없었다.

그것은 바로 마법. 자신만 아는 히든카드, 마법뿐이었다.

모든 생각을 마쳤을 때, 그때서야 수한은 자신의 주변에서 벌어지고 있는 것들이 눈에 들어왔다.

번쩍이며 시시각각 눈을 자극하는 빛이나 무언가 갈구하

는 듯한 소리가 그의 귀에 들려오기 시작했다.

한참을 그렇게 있다 보니 가슴 한곳에서 뭔가 꿈틀거리는 것이 느껴졌다.

'뭔가 잘못되고 있다.'

자신은 가만히 있는데, 감정이 살아나듯 요동치는 것이 뭔가 잘못되었다는 것을 알 수가 있었다.

그리고 그게 어떤 현상인지 금방 깨달을 수 있었다.

'이놈들…… 날 세뇌하려고 하는구나!'

지금 자신에게 벌어지고 있는 현상이 자신이 알고 있는 것과는 조금 다르지만 결과적으로 같은 현상을 일으키는 것임을 알 수 있었다.

'감히 7클래스 대마법사에, 8클래스의 깨달음을 얻은 나 제로미스를 세뇌를 하려 한단 말인가?'

수한은 지금 자신의 모습 때문에 자신을 정수한이 아닌 제로미스라 생각하고 있었다.

아니, 어쩌면 그게 평소 그가 생각하고 있던 이름인 것이다.

아직 정수한이란 이름이 그에게는 조금은 익숙하지 않은 이름이기 때문이다.

60년을 제로미스라 살던 그가 겨우 6개월 남짓 불린 정수한 이름을 쉽게 받아들이기란 어려울지도 모를 일이다.

10년은 이름이 없이 지내고, 그 뒤 마법사에게 팔려 가며 제로미스라 불리기 시작하면서 60년 동안 그리 불렸는데 아니 그렇겠는가?

아무튼 수한은 감히 자신을 세뇌하려는 이들에게 분노했다.

더욱이 자신을 어떻게 하려고 납치를 하지 않았는가?

'만약 내 이곳을 나가게 된다면 절대로 가만두지 않겠다.'

수한은 가슴속 깊이 다짐을 하였다.

비록 아기의 몸이지만 정신만은 그 누구보다 높은 격을 간직한 대마법사가 아닌가.

그의 이런 결심은 훗날 이 나라에 큰 복을 가져온다.

하지만 그건 먼 훗날의 일이고, 지금은 자신이 납치된 곳이 어디인지 그리고 어떻게 빠져나갈 것인지 생각하는 아기일 뿐이다.

◈　　　◈　　　◈

영등포 시장 대운빌딩 앞, 젊은 청년들 몇이 옹기종기 모여 담배를 태우고 있었다.

그런데 빌딩 앞을 지나는 사람들이나 주변 시장의 상인

들은 될 수 있으면 그쪽으로 시선을 주지 않기 위해 피하는 모습을 보이고 있다.

카악! 퉤!

담배를 피우고 있던 청년들 중 한 명이 가래침을 뱉으며 주변을 날카롭게 한 번 쳐다보았다.

그러자 주변 상인들은 더욱 움츠려들며 될 수 있으면 시선을 마주치지 않기 위해 애썼다.

이 청년들의 정체는 바로 주변 일대를 장악하고 있는 폭력조직 두꺼비파의 깡패였다.

이들은 무슨 꼬투리만 잡으면 주변 상인들에게 수시로 협박을 하고 돈을 뜯어 가고 있었지만 상인들은 울며 겨자 먹는 심정으로 감내했다.

만약 신고를 했다가는 더 심한 보복을 받기 때문이다.

똥이 무서워 피하는 것이 아니라 더러워 피한다고 딱 그렇다.

심심해 주변 상인들을 괴롭히면서 자신들이 무슨 대단한 인물이라도 되는 거 마냥 자아도취하는 깡패들 때문에 시장을 떠나고 싶어도 돈 때문에 상인들은 오늘도 힘들게 일을 하고 있다.

그런데 언제나 비슷한 일과가 펼쳐지고 있는 이곳 영등포 시장에 일이 발생했다.

저 멀리서 검은 색의 승합차 4대가 급하게 달려오더니 깡패들이 담배를 피우고 있는 대운빌딩 앞에 정차를 하였다.

끼익!

"뭐야!"

"이것들 뭔데 여기에 주차하고 난리야! 차 빼!"

담배를 피우고 있던 깡패들은 담배를 바닥에 던지고 바로 일어나 승합차에 다가가며 소리쳤다.

그런데 깡패들의 호통에도 승합차에 타고 있던 운전자는 말을 듣지 않고 차에서 내려 이들에게 다가갔다.

깡패들은 평소 자신들이 이렇게 큰소리를 치면 보통 운전자들은 움찔하며 차를 뺐는데, 지금 차에 타고 있는 자들은 그런 일반인이 아닌 듯 보였다.

더욱이 차에서 내리는 이들의 모습이 결코 평범해 보이지 않았다.

덩치가 특별히 크거나 그런 것은 아니지만 그들의 얼굴이나 전체적으로 풍기는 이미지가 평범한 것과는 거리가 멀었다.

그렇다고 자신들과 같은 조직폭력배 같은 느낌은 들지는 않았지만 그렇다고 아주 다르지도 않았다.

잘 훈련된 군인을 보는 것도 같고 어떻게 보면 큰 조직의 정예들 같기도 해 함부로 움직이지 못했다.

그런데 두꺼비파 조직원들이 이렇게 머뭇거리고 있을 때, 차에서 내린 사내들 중 한 명이 깡패들 앞으로 다가가 물었다.

"최상호 있나?"

머뭇거리던 깡패들은 차에서 내린 사람 중 한 명이 자신의 두목 이름을 아무렇게나 부르는 것에 눈살을 찌푸리며 고함을 질렀다.

"이런 개새끼가 있나! 어디서 함부로 우리 사장님 성함을 부르고 있어!"

고함을 치며 앞으로 달려오던 깡패는 너무도 허무하게 길바닥과 인사를 하였다.

퍽!

달려오던 깡패 한 명을 간단하게 때려누인 사내는 차가운 눈으로 아직 주변에 남아 있는 깡패들을 보며 다시 물었다.

"다시 한 번 묻는다. 최상호 있나?"

사내의 물음에 깡패들은 대답을 하는 대신 조용히 시선을 빌딩 안으로 향했다.

그런 깡패들의 모습에 질문을 했던 사내는 자신의 뒤에 있는 사내들에게 수신호를 보냈다.

사내의 수신호에 몇 명의 사내들이 빠르게 대운빌딩 안으로 뛰어 들어갔다.

곧 안에서 소란스러운 소리가 들려왔지만 사내는 별 신경을 쓰지 않고 천천히 걸어 들어갔다.

사내는 천천히 두꺼비파의 아지트인 대운빌딩 안으로 들어서며 주변을 살펴보았다.

빌딩 1층을 지키던 두꺼비파 조직원들 몇 명은 먼저 들어간 사내들에 의해 제압이 되었는지 로비 한쪽에 무릎을 꿇고 고개를 숙이고 있었다.

"가서 잡아 와!"

"알겠습니다."

상급자로 보이는 사내의 명령에 먼저 빌딩 안으로 들어가 깡패들을 제압했던 남자는 바로 대답을 하고 두꺼비파 두목의 사무실이 있는 5층으로 올라갔다.

그리고 잠시 뒤 두꺼비파 두목인 최상호를 끌고 내려온 사내는 최상호를 상급자의 앞에 무릎을 꿇렸다.

"최상호를 데려왔습니다."

"이자가 최상호인가?"

"예."

명령을 했던 사내는 최상호에게 사진 한 장을 보여 주었다.

314

"이 사진 보이지?"

"으음"

"사진에 있는 아기. 너희가 유괴했다는 것 다 알고 왔다. 어디다 두었나?"

사내가 보인 사진은 바로 수한의 사진이었다.

TV방송에 출연을 했을 당시 커다란 보드에 덧셈, 뺄셈 등 사칙연산을 하며 신동이라 알려지게 된 방송을 할 때 찍은 것을 캡처한 사진이었다.

"헉!"

최상호는 사진 속 아기가 누구인지 잘 알고 있기에 헛숨을 삼켰다.

'제길, 똥 밟았군!'

사진을 본 최상호의 머릿속에 든 생각은 바로 이것이었다.

전에도 이와 비슷한 상황이 있기는 했다.

고위공직자의 자식을 납치했던 일이 있었지만 그것도 얼마 지나지 않아 흐지부지해졌다. 하지만 이렇게 빠르게 범인이 자신들이란 것을 알고 덮친 일은 없었다.

자신들이 용의선상에 오를 정도가 되려면 시간이 조금 더 흐른 뒤였고, 그때는 이미 증거도 사라지고 사건은 미궁으로 빠졌는데, 지금 사진 속 아기를 납치한 지 이제 겨우 3일도 되지 않은 시간에 자신을 찾아온 것을 보니 자신이 일을 잘못 맡았다는 생각이 든 것이다.

"난 모르는 아기요. 내게 왜 이러는 것입니까?"

일단 발뺌을 하기로 한 최상호는 무조건 오리발을 내밀었다.

그렇지만 그에게 돌아온 것은 무지막지한 폭력이었다.

퍽!

"억!"

한 번도 이런 고통을 당해 본 기억이 없었다.

서울의 한 지역의 두목이 되기까지 않은 혈투를 벌여 왔지만 최상호는 지금처럼 뼛속 깊이 스며드는 통증을 느껴본 적이 없다.

"내가 방금 말하지 않았나? 다 알고 왔다고, 김영수란 놈에게서 모든 것을 자백 받았다."

사내는 두꺼비파 부두목이었다가 제명된 김영수의 이름을 거론했다.

수한을 유괴한 김영수의 이름이 나오자 최상호의 인상이 저절로 구겨졌다.

'병신새끼! 죽더라도 그걸 불면 어떻게 해!'

최상호가 이미 모든 것을 알린 김영수를 속으로 욕하고 있을 때 사내가 계속해서 말을 하여따.

"참, 너희도 재수가 없지 하필 건드려도 그런 집안의 혈족을 건들이냐……."

"무슨…… 말씀입니까?"

최상호는 속으로 이 순간만 모면하면 일신학원의 최제국이 어떻게든 해주겠지라는 생각을 하고 있었는데, 사내의 이야기를 듣다 보니 자신의 생각과 다르게 흘러갈 것 같은 예감이 들었다.

그리고 그 불길한 예감은 빗겨 가지 않았다.

최상호의 의문이 가득한 얼굴을 본 사내는 차가운 미소를 날리며 최상호의 궁금증을 해결해 주었다.

"이 사진 속 아기가 천하그룹 정대한 회장의 손자라고 하더라고."

"헉!"

자신이 납치해 넘긴 아기가 설마 천하그룹과 연관이 있는 아기일 거라고는 상상도 하지 못했다.

납치를 하고 최제국에게 넘긴 뒤 그 아기가 유명한 아기라는 것을 알고 조금 기분이 찜찜하기는 했지만, 그뿐이었다.

알아본 바에는 전혀 그런 정황이 없었다.

그저 아기의 아빠가 외무부 사무관이란 것 외에는 다른 이력이 없었다.

그런데 설마 그보다 더한 배경이 있을 줄은 상상도 못했다.

비록 천하그룹이 재계순위 중하위의 그룹이라고 하지만 그 기반에 관해서 최상호도 잘 알고 있었다.

천하그룹이 대한민국 암흑가에 미치는 영향력이 어느 정도란 것을 잘 알고 있는 그로서는 눈앞이 깜깜했다.

"참…… 안 됐네 그려. 그리고 조직은 내가 고맙게 받아 가지."

사내는 낙담하는 최상호에게 그렇게 말을 하고 최상호의 뒤에 서 있는 사내에게 턱짓을 했다.

"천하가드에 보내면 됩니까?"

"그래, 그 김영수란 놈하고 같이 보내면 될 거야."

"알겠습니다. 그럼 있다 뵙겠습니다."

"그래, 수고 좀 해!"

사내는 그렇게 명령을 하고 바닥에 무릎을 꿇고 있는 두꺼비파 조직원들을 보며 말했다.

"오늘부터 두꺼비파는 없다. 너희는 이제부터 우리 길상사파다."

최상호를 무릎 꿇리고 잡아 간 사내의 정체는 천하가드 이종찬 사장의 명령을 받은 길상사파의 두목 최명길이었다.

천하가드 이종찬은 서울에 산재한 대형 조직들에 의뢰를 하였다.

천하그룹 정대한 회장의 손자를 유괴한 범인들을 찾기 위해 조직에게 의뢰를 넣은 것이다.

그리고 그것이 강남에 있는 길상사파의 최명길에게도 들어갔고, 우연히 김영수의 얼굴을 알아본 조직원이 있어 두꺼비파까지 오게 된 것이다.

그리고 의뢰를 한 천하그룹이나 천하가드에 대하여 잘 알고 있는 최명길은 잡혀 간 김영수나 최상호가 다시는 이 세계로 돌아올 수 없을 것이란 사실을 잘 알기에 이 기회에 두꺼비파를 접수하기로 작정하였다.

의뢰도 해결하고 서울의 한 지역까지 먹게 되자 최명길의 얼굴은 무척이나 밝았다.

하지만 끌려가는 최상호의 얼굴은 시커멓게 죽어 있었다.

〈『그레이트 코리아』 제2권에서 계속〉

GREAT
그레이트 코리아
KOREA

1판 1쇄 찍음 2014년 12월 15일
1판 1쇄 펴냄 2014년 12월 18일

지은이 | 정사부
펴낸이 | 정 필
펴낸곳 | 도서출판 뿔미디어

편집장 | 이재권
기획 · 편집 | 윤영상

출판등록 | 2002년 9월 11일 (제1081-1-132호)
주소 | 경기도 부천시 원미구 소향로 17번길(두성프라자) 303호 (우)420-864
전화 | 032)651-6513 / 팩스 032)651-6094
E-mail | bbulmedia@hanmail.net
홈페이지 | http://bbulmedia.com

값 8,000원

ISBN 979-11-315-6126-3 04810
ISBN 979-11-315-6125-6 04810 (세트)

※파본은 구입하신 서점에서 교환하여 드립니다.

※이 책은 (도)뿔미디어를 통해 독점 계약되었습니다.
저작권법에 의해 보호를 받는 저작물이므로 무단 전재와 무단 복제를 엄금합니다.

http://www.bbulmedia.com

BBULMEDIA

http://www.bbulmedia.com